異世界に
転生したけど
トラブル体質なので
心配です
小鳥遊渉
Takanashi Ayumu
illust. 結城リカ

登場人物紹介
サーシャ
アルフレッドの
可愛い妹。3才。
アルフレッド
異世界に6才児として転生。
魔法も武術も
知識もチート級で、
やることなすこと
トラブルの元に。
ベス
アルフレッドの
飼い犬。
白くてフワフワ。
妙に身体能力が
高い。

???
アルフレッドのことをナイショで見守りつつ、贔屓している謎の美女。
ジェイ
アルフレッドの父親。辺境の村の騎士。
ソフィア
アルフレッドの母親。癒しの魔法が得意。

1　アルフレッド、六才

誰かが俺を呼んでいる気がする――

「――ッド――フレッド。目が覚めたの？」


優しい声に呼びかけられて、意識がはっきりとしてきた。

その優しい声は続ける。

「大丈夫、痛いところはない？　何度も癒《いや》しの魔法をかけたけど、二日間も眠っていたのよ。このまま起きなかったらどうしようって、ママはすごく心配だったわ」

二日間も目を覚まさなかったって、俺が？　一体、何があったんだ……？

俺は体を起こそうとする。

でも意識が朦朧《もうろう》としていて、思うように動かない。

「大丈夫？　アルフレッド……ママのことが分かる？」

頭が混乱しているけど、ひとまず呼びかけてくる相手に聞き返してみる。

「マ……ママ？」

俺の前に座っているのは……誰だ？　このピンク髪の美人さんは？

ママって言っているけど、この美人さんは、俺の母親とは似ても似つかない。顔や年齢もそうだが、髪の毛と目がピンク色なところが特に……

ぼんやりしながらも、辺りを観察してみる。

部屋の中が妙に暗い……よく見ると、ランプが灯《とも》っている。部屋の造りも見慣れなくて、テレビで見たヨーロッパの建物みたいだ。

俺は職場で仮眠してたはずなんだが、その間に何かあったんだろうか。

さっぱり見当がつかない。突然、記憶喪失にでもなったのか？

とにかく、考えがうまくまとまらない。

それに、ものすごく喉《のど》が渇《かわ》いている。美人さんが言うように、二日間も寝てたせいかな。

そうだ、美人さんに頼んでみよう。

「すみません、喉が渇いたのでお水をいただけないでしょうか」

えっ!?　今の、俺の声か!?

とんでもなく高い声だった気がする……まるで、子供みたいだ。

ビックリして固まっていると、美人さんが心配そうな顔をこちらに向けてくる。

「すみません？　いただけないでしょうか？　……急にどうしちゃったのよ、アルフレッド。そんな大人みたいな言い方して」

美人さんは俺の口調に違和感を覚えているらしい。

だけど、俺はそれどころじゃない。

さっきから変なことばかりで、頭がこんがらがる……

まず、美人さんが口にしているアルフレッドという名前だけど、俺に呼びかけているんだよな？

俺はアルフレッドではないんだが、誰かと勘違いしてるのか？

でも、美人さんの様子を見る限り、そんな雰囲気でもない。

なぜか頭痛のする頭で必死に考えていると、俺を見守っていた美人さんが慌てて立ち上がる。

「あっ、お水だったわね。ごめんなさい、気が付かなくて。二日間も何も口にしていないんだもの。喉が渇くわよね」

美人さんが座っている椅子の隣にテーブルがある。美人さんはそこに置いてあった水差しから、コップに水を注いだ。

「はい、ゆっくり飲むのよ」

美人さんはそう言って、コップを俺に渡してくれた。

それを受け取ろうと手を伸ばすと、視界に小さな手が映りこんだ。

思わず声をあげそうになる。

なんだよ、この小さな手は!?　これ、俺の手か……？　俺の手だよな!?

そう思いながら動かしてみる。思い通りに動くので、やっぱり俺の手で間違いないらしい……

次に、体に視線を落とす。

ち、小さい！　これは俺の体じゃない！

さっきの妙に高い声といい……俺、まさか子供になってしまったのか⁉

俺はコップを口に運ぶこともせず、再び固まってしまう。

美人さんはそんな俺を見ながら首を傾《かし》げる。

「ちょっと暗かったかしら？　もう一つランプを灯しましょうね。火よ集まりて明かりを点《つ》けよ……プチファイア」

美人さんが呪文《じゅもん》のような変な言葉を口ずさんだ。

――と思った瞬間、部屋のランプに勝手に火が灯る。

う、嘘だろ……⁉

俺は動揺して、コップを布団《ふとん》の上に落としてしまった。

「あら、大変！」

美人さんは慌てた様子だが、布巾《ふきん》を取ってきたりはしない。

「そよ風よこの水を散らして……ウィンド」

美人さんがまた呪文を唱える。

すると、どこからともなく部屋に風が巻き起こった。そして布団の上にあった水の粒を、床に飛ばしてしまう。

唖然《あぜん》とする俺をよそに、美人さんが眉《まゆ》を寄せて言う。

「間に合わなかったわ、ほとんど布団に染みこんじゃったみたいね。これじゃ干さないとダメそう……うーん、苦手だけど水魔法でなんとかならないかしら」

美人さんが手をお椀型《わんがた》にして布団に触れる。

「ここに集まり我に水を与え給《たま》え……ウォーター」

すると布団に染みこんでいた水が集まり、手のひらに溜まった。けれど、その量はほんの少しだ。

美人さんはため息を吐《つ》く。

「やっぱり、あまりうまくいかないわ。これだけしか水が集まらない……私、水魔法は苦手なのよね。布団を代えましょう、アルフレッド」

ポカンとしていた俺は、ハッとして頭をフル回転させる。

待て待て待て、冷静になれ俺。美人さん、今、魔法って言ったよな。

ってことは、目の前で起きているこれは、もしかしなくても魔法なのか……？

……おいおい、マジかよ！　魔法キターーー!!

しかも俺は、なんだか知らないけど子供の体になっている。つまりこれって、高校時代の俺のバイブル！　ラノベで読んだ転生ってやつが俺の身に起こっているんじゃないのか!?

魔法のある中世ヨーロッパ風世界に転生なんて、超王道のテンプレだ！

俺は興奮して、思わずベッドから飛び下りる。とりあえず今の姿を、鏡か何かに映してみたい。

そう思って駆け出した瞬間、頭痛と目眩《めまい》に襲われ、思いきり転んでしまった——


そして、俺は意識を失ったのだろう。

真っ暗になった視界の中でボーッとしていると、急激に記憶が流れこんでくるのを感じた。

その記憶は、アルフレッドという六才児のものだ。この体のもともとの持ち主らしい。

アルフレッドは辺境騎士の父親に憧れて、やんちゃばかりしている。一人で遊んでいる最中に高い木の上から落ち、意識不明になってしまったようだ。

ピンク髪の美人さんの名前はソフィア——アルフレッドのお母さんだった。

ほかには兄二人と、妹が一人いるようだ。兄二人は学校に通っているので家にいないが、妹は一緒に暮らしているらしい。

ちなみに俺自身は、日本の超ブラックな会社でシステムエンジニアとして働いていた。

最後の記憶は、たった一人でシステムトラブルに立ち向かっていたというもの。

個人のパソコンからウィルスが感染し、会社の機密情報が漏洩《ろうえい》しそうになっていた。俺はそれを防ぐために四十時間ぶっ続けで作業し、なんとかウィルスを撃退。そのまま仮眠用の寝袋に潜りこんだ。

ここから記憶がブッツリと途絶えている。多分《たぶん》、過労による心臓発作か何かで死んだんだろう。

苦しまずに死ねたのがせめてもの救いかな。でも、可愛い妹を残して死んでしまったのが心残りでならない。

俺の両親は高校生の時に亡くなってしまっている。親孝行もできず、悲しかった。

だからせめて妹は幸せにしてやりたい……そう思って、俺は両親の生命保険に手をつけなかった。妹が将来自由に使えるよう、残しておきたかったんだ。

そうして大学時代はバイト、社会人になってからは仕事に明け暮れ、結局、妹と過ごす時間はあまり取れなかった。

彼女もできないまま、享年《きょうねん》二十八才……悲しすぎて涙が出てくる。

そう思っていると、比喩ではなく本当に涙が溢《あふ》れる感覚があった。

六才児の体だから、すぐ涙が出てくるのか？

なんだか思考も六才の体に引っ張られているのか、前と違っているような、おかしな感じがする。

二つの記憶から推測するに、意識不明になったアルフレッドはそのまま死んでしまったのだろうか……そして、そこに俺の魂《たましい》が入りこみ、アルフレッドの記憶と俺の記憶が混ざり合ったのかもしれない……そんな風に推測してみた。今のところ、主人格は俺になっているようだ。

なぜ日本で死んだ俺の魂が、この異世界らしき場所でアルフレッドの体に入ったのかはさっぱり分からない。

とにかく、俺はアルフレッドとして転生したみたいだ。六才の体に入りこんだ状態を転生と呼んでいいのかは、いまいち分からないけど……

新しい人生が始まったのだから、今度こそ幸せに天寿《てんじゅ》を全《まっと》うしたい。親孝行もしたいし、兄妹たちとも仲よくしたい。

□　□　□

「――アルフレッド、アルフレッド」

再び優しい声が聞こえて、意識を取り戻す。

目を開けると、俺は泣いていた。

美人さん――こと、ソフィアさんが心配そうに言う。

「どうしたの、アル。泣いたりして、まだ怪我が痛むの？」

ソフィアさんは俺の頭を撫《な》でる。

「木から落ちて頭を打ったと思ったら、今度は目覚めた途端《とたん》に転ぶなんて……本当に心配ばかりさせて。これからは、パパやママの言うことをちゃんと守るのよ」

俺は中身が二十八才に入れ替わっているとバレないよう、できるだけ六才児らしく口にする。

「ごめんなさい、お母様」

「お母様？　いつものようにママって呼んでよ、おかしな子ね」

ソフィアさんは怪訝《けげん》な顔をした。

「もう一度、癒しの魔法をかけておきましょうね。ママの癒しの魔法はよく効くのよ。こんなに心配させて、アルは悪い子ね」

そう言って、俺の頭に両手をかざす。

「アルの怪我が治りますように……彼の者《かのもの》の怪我を癒し給え、ヒール」

ソフィアさんの手に、暖かい色の光が集まっていくのが見える。

その光は俺の頭に流れこんできた。すると、頭痛と目眩が少しずつ治っていく。

すごい、これが癒しの魔法の効果なのか。

ソフィアさんは、こんなに美人で優しくて、癒しの魔法も使えるなんて……超王道テンプレ第二弾、聖女様《せいじょさま》ってところか……!?

勝手に感動していると、ソフィアさんは俺のおでこに手を当てる。

「打ったところは大丈夫？　パパもすごく心配していたのよ。近くの森が大変なことになってしまったから、今は調査に行っているけど……」

そう言いながら俺を優しく抱きしめてくれた。

……森？　そこで何か危険なことが起きてるのか？

一瞬気になったけれど、すぐにソフィアさんのハグの方に意識が移る。

母親に優しくされるなんて何年ぶりだろう。感極まってしまう。

「ごめんなさいお母様、心配させて。お父様が戻られたら、アルは大丈夫ですとお伝えください」

「お父様？　お伝えください？　さっきからどうしちゃったのよ、おかしなアル……とにかく、しばらくはベッドで大人しくしているのよ」

ソフィアさんは首を傾げながら、部屋を出ていった。

俺は言われた通り、ベッドで静かにしていることにする。

しかし、ワクワクが抑えきれないな。魔法がある世界に転生したなんて、心が躍《おど》る。できることなら、俺も魔法を使ってみたい。

安静にするよう言われたけど、簡単な魔法の勉強くらいはしてもいいんじゃないかな？

よし。明日になったらソフィアさんにお願いして、魔法を教えてもらおう。

ワクワクに加えてやる気が出てきたところだが、今日はぐっと我慢して寝よう。

さっきの目眩や頭痛といい、まだ体が回復しきっていないらしいし。

今度は幸せになるぞ！　みなさん、おやすみなさい。

《魂が目覚めたみたいね……》

ん!?　今、頭の中で誰かの声がしたような……気のせいか？

2　初級魔法の本

目を覚ますと、昨日と同じ中世ヨーロッパな部屋で寝ていた。

夢じゃなかったんだな。転生生活二日目だ。

体を起こしてみたら、まだ少し頭が痛い。

でも、それにしてはぐっすり眠れた気がする。ソフィアさんのヒールのおかげだろうか。

そんなことを考えている最中に、ソフィアさんが部屋に入ってきた。

「起きたのね、アル。調子はどう？　今日もヒールをかけましょうね」

「お願いします、ママ」

昨日はお母様呼びを怪しまれたので、ママ呼びにきりかえてみた。

ソフィアさんはニッコリと微笑《ほほえ》みながら言う。

「ようやくいつものアルに戻ったみたいね、嬉しいわ」

そして、昨日と同じように俺の頭に手をかざす。

「アルの怪我が治りますように。彼の者の怪我を癒し給え……ヒール」

暖かい色の光がソフィアさんの手のひらに集まり、俺の頭に流れこんでくる。

うまく表現できないけど、なんとも気持ちいい。頭痛も目眩もなくなっていく。

すごいな、ヒール。というか、ソフィアさんの魔法の腕がすごいのかな？

「あと二日くらいは、ベッドで寝ていなさいね」

「はいママ、大人しくしています」

俺がそう応えるとソフィアさんは首を傾げる。

「アルがこんなに聞き分けがいいなんて……頭を打ったせいかしら？」

うっ、また怪しまれている。

教えられないけど、中の人が元社畜（二十八才）に入れ替わっているからなんですよ。

俺は誤魔化《ごまか》すように告げる。

「大丈夫です、ママ。今まで心配をかけてごめんなさい。怪我をして反省しました。僕も大人になろうと思ったのです」

六才児の言動は、アル君の記憶で見てはいるけど……やんちゃなアル君のふるまいを、二十八才の俺が継続していく自信がないんだ。苦しい言い訳だが騙《だま》されてください。

そう祈っていると、ソフィアさんは目を潤《うる》ませながら抱きしめてくれた。

「アル、もうパパとママを心配させたりしないと言ってくれるのね。ママは嬉しいわ」

なんて優しいお母さんなんだ。俺は幸せを噛みしめる。

「もうご飯は食べられそう？」

「はい、実はお腹がペコペコです！」

正直に伝えたところ、ソフィアさんが微笑む。

「シチューを温めてくるわね」

ソフィアさんはそう言って部屋を出ていく。しばらくしてからギィと小さな音がした。

音の方を見ると、部屋の扉が開いていた。そこから、小さい人影がこっちを覗《のぞ》いている。

ピンクの髪に、ピンクの目をした愛らしい女の子だ。

あれは……！　アル君の記憶によると、妹のサーシャちゃんに違いない。確かまだ三才だ。

俺と目を合わせ、サーシャはパァッと輝くような笑顔を見せた。

おお……記憶の中でも可愛かったけど、実物を見たら更に可愛い。

妹にしたい……あっ、妹だった。お兄ちゃんになれて超嬉しい！

つられて俺まで笑顔になる。

しかしサーシャは廊下から覗いているだけで、部屋の中に入ろうとしない。

もしかして、サーシャにも何か怪しまれているのだろうか。心配なので、声をかけてみる。

「ど……どうしたのかな？　中に入らないの？」

「あのね、ママがね、アルお兄ちゃんはお怪我が大変だから、お部屋の中はダメって」

サーシャは舌足らずながら、一生懸命伝えてくれる。

「アルお兄ちゃんに早く元気になって遊んでほしいから、お部屋入らないの」

俺はサーシャのあまりの可愛さに絶句した。

しかも、なんて思いやりのある子なんだ……まるで天使のようだ。

そう思って感激していると、ソフィアさんが木製の器《うつわ》に入ったシチューを持ってやって来た。

「まあ、サーシャはママの言いつけを守れるいい子ですね。お兄ちゃんがご飯を食べ終わるまで、ちょっと待っていてね」

サーシャはソフィアさんを見上げ、素直にこくりと頷《うなず》く。そして、テトテトと廊下の向こうへ歩いていった。

ソフィアさんはベッドの横にあるテーブルにシチューの器を置き、その隣の椅子に座る。そしてシチューを木のスプーンですくい、フーフーしながら俺に食べさせてくれる。

「気分は悪くなっていない？　吐き気はない？」

「大丈夫です、お……ママ。今まで食べたシチューの中で一番おいしいです」

危うくお母様と言いかけてしまい、軌道修正した。

「まあ、アルったら。いつも食べてるシチューじゃない。そんなにおいしい？」

「はい。生まれ変わって食べたらすごくおいし……いや、お腹が空《す》きすぎていたので、すごくおいしいです！」

ソフィアさんが怪訝そうにじっと見つめてくる。

「やっぱり、なんだか様子が変ね……」

俺は慌てて誤魔化す。

「も、もっと食べたいです！」

「はいはい、食欲があることはいいことね。この分なら早く治るでしょう」

こうしてシチューを食べ終えたところで、ソフィアさんが言う。

「たくさん食べてお腹がビックリするといけないから、今日はこれだけで我慢してね」

「はい、おか……ママ」

またお母様と言いそうになった。

うーん、ママって気恥ずかしくて呼び慣れないんだよな。早く何か理由をつけて、お母様に呼び方を変更させてもらった方がよさそうだ。

そう考えていると、ソフィアさんが椅子から立ち上がった。

俺はハッとして、ソフィアさんを慌てて引き留めることにした。魔法のことを頼んでおきたい。

「マ、ママ……お願いがあります。安静にしている間やることがないので、魔法を教えてもらえませんか？」

ソフィアさんは驚いた顔をする。

「魔法……？　アルはいつも『僕はパパみたいな騎士になる』って、お外で木の棒を振りまわしていたじゃない。魔法に興味なんてなかったのに」

ですよね、俺も知ってます。あーあ、昨日からずっと疑われっぱなしだよ。

でも、せっかく魔法のある世界に転生したんだ。どうしても魔法を使いたいので粘ってみる。

「ママの魔法がすごかったので、僕もママのように魔法を使ってみたいな～、なんて……」

ソフィアさんは困った顔をする。

「うーん……教えても、すぐにできるものじゃないのよ。あなたはまだ小さいし」

そうしてしばらく悩んでいる様子だったが、小さな声で呟《つぶや》いた。

「どうせできないと思うから、いいかしら……」

それからソフィアさんは部屋のランプからロウソクを取り出すと、ベッドの隣の椅子に座った。

「仕方のない子ね。それじゃあ、ロウソクに火を点けてみる？」

「お願いします！」

「分かったわ。じゃあ、ママの魔法をよく見ていてね。火よ集まりて明かりを点けよ……プチファイア」

ソフィアさんが唱えると、右手の先から小さな火が出て、ロウソクが燃えあがった。

おお、これはこの世界に来て初めて見た魔法じゃないか！

ふむふむ、呪文を唱えればいいのか？

ロウソクを受け取って、早速《さっそく》やってみる。

「火よ集まりて明かりを点けよ……プチファイア！」

しかし、何も起こらなかった。

「……全然分からないです」

「すぐにできたら驚くわ。ママだってたくさん練習してから使えるようになったんだから。でも、まずはこうしてやってみることが大切なのよ。火が点くところを、アルが感じた通りにイメージしてごらんなさい」

ソフィアさんに説明され、俺は考えこんだ。

イメージと言われても困ってしまう。俺がいた世界の理論で考えればいいのかな？

もしそうなら、結構得意分野だ。理科の実験とか好きだったんだよな。

燃えるもの、燃えるもの……燃える気体といえば、酸素か？　それなら、空気の中から抽出できたりして。

よし、やってみよう。酸素がロウソクの周りに集まるイメージで……

あとは確か、空気を圧縮すると高温になったような気がする。点火はこれでしてみるか。

圧縮圧縮……と、頭の中で空気を一ヶ所にギュッと集めるイメージをする。

……なんとなくできているような気がするけど、どうだろう？

俺はもう一度呪文を唱える。

「火よ集まりて明かりを点けよ……プチファイア」

ゴーッと音がして、炎の柱が立った。

「熱っ！」

思わずロウソクを手から放してしまう。髪の毛とまつ毛が少し焦《こ》げた。

ポカンとしていると、ソフィアさんが慌てて言う。

「アル、一体あなた何をしたの⁉」

俺も正直よく分かりません。

もしかして、酸素を集めすぎたとか……？　すごい勢いで燃やしてしまった。

床を見ると、半分くらい溶けたロウソクが転がっている。

ソフィアさんは、心配そうにこっちを見つめてくる。

「アル、これから火の魔法を使ったらダメよ！　もしも怪我をしたり、火事になったら大変だわ……それと、あなたの魔法、なんだかおかしい気がするの。ママの使っていた初級魔法の本を持ってきてあげるから、それをよく読んで勉強しなさい」

危ない危ない、とりあえず魔法が全面禁止にならなくてよかった。ここは大人しく言うことを聞いておこう。

それと、恥ずかしいからママという呼び方は変更をさせてもらおう。

「はいママ、分かりました。それから、もう一つお願いがあります」

俺はソフィアさんを見上げながら、できるだけキリッとした表情で言う。

「僕は今日から心を入れ替えます。大人になったつもりで色々なことを頑張るので、これからはママとパパのことを、お母様、お父様とお呼びしたいです」

「まあ、アル……」

するとソフィアさん——こと、お母様は、俺をギュッと抱きしめた。

「なんだか様子が変だと思っていたけど、そんなことを考えていたのね。分かったわ」

内心ハラハラしていたが、呼び方変更は案外あっさり受理された。

お母様は俺にニッコリと微笑む。

「あとで魔法の本を持ってきてあげるから、頑張るのよ。分からないことがあったら少しはママが教えてあげられると思うから」

お母様が部屋から出ていこうと扉を開けると、そこにはまたサーシャが立っていた。

「あら、サーシャ」

サーシャはピンクの目で俺の方をじっと見つめている。

別の部屋に行ったと思っていたけど、また戻ってきてくれたのか？　その上ずっと待っててくれてたなんて、なんていじらしいんだ。

俺はサーシャの可愛さに脳内で悶絶《もんぜつ》した。

するとお母様がクスッと笑い、サーシャを抱き上げる。

「サーシャ、よく頑張ってお兄ちゃんと遊ぶのを我慢できましたね。今日から少しならアルお兄ちゃんの部屋に入っても大丈夫ですよ」

お母様は俺が寝ているベッドの上に、サーシャを座らせた。

「アル、サーシャのことをよろしくね。ママは本を取ってくるわ」

こうしてお母様が部屋を出ていき、俺とサーシャの二人きりになる。

よく見ると、サーシャは手に絵本を抱えていた。ニコニコしながら、それを差し出してくる。

「アルお兄ちゃん、ご本読んで」

ご本!? そういえば俺、こっちの文字が読めるのだろうか?

絵本の表紙には、騎士とお姫様が描かれている。開いてみると、見たこともない文字が書かれていた。なのに不思議と意味が理解できる。

自動翻訳キターーー!!

って、今更か……喋《しゃべ》る言葉も普通に通じたもんな。

アル君の記憶のおかげなのかよく分からないけど、とりあえずホッとした。これなら魔法の本だって読めるだろう。

頭の中ではしゃいでいると、俺を見ていたサーシャが首を傾げる。

「お兄ちゃん、まだ頭痛いの……?」

まずい、今度は三才児に不思議そうにされている。顔に出てたのかな。

俺は咳払《せきばら》いをすると、絵本の朗読を始める。

「むかしむかし、ある国に美しいお姫様がおりました。お姫様は優しく、誰からも愛されておりました。その国には勇敢な騎士団がありました。お姫様はいつしか、騎士の一人と愛しあうようにな

りました。しかし王様が二人の仲を認めなかったので、お姫様と騎士は一緒に城から逃げることにしました」

サーシャは夢中で聞いている。

しかし、駆け落ちの物語か。なんだか、おとぎ話っぽくない絵本な気がする。

そう思っていると、お母様が部屋に戻ってきた。

お母様はサーシャを抱っこする。そして俺に別の本を手渡してきた。

「アル、初級魔法の本を持ってきたわ。ママの大切な本だから、丁寧《ていねい》に使ってね」

俺は本を両手で受け取り、心の中で叫ぶ。

魔法の本キターーー!!

本の表紙は動物の革らしきものでできており、ずっしりとした造りになっている。古びているが光沢《こうたく》があり、長い間大事に使われてきたことが感じられる。

「ありがとうございます、お母様。一生懸命勉強します」

お母様は笑顔で言う。

「アルが魔法のお勉強に目覚めてくれて嬉しいわ。ママの癒しの魔法は、みんなからすごいと言われていたのよ」

お母様は少し得意げな様子だ。

へえ～、お母様の魔法って、ほかの人から見てもすごかったんだな。

そういえば、意識不明の重体だった俺を、二日でほぼ完治させちゃったんだもんな。そんなに威力があるんだから、本当に聖女様なのかもしれない。

俺は真面目な顔をして、お母様に告げる。

「身をもって実感しています。お母様の癒しの魔法のおかげで、こんなに元気になりましたから。僕もお母様を見倣《みなら》って、頑張って勉強しますね」

すると、お母様も真面目な顔になった。

「ただし、読んでお勉強するだけよ。実際に魔法を使ったらダメですからね。危ないから、部屋の中では絶対に魔法の呪文を口に出さないこと」

マ、マジか……練習できないなんてかなりガッカリだけど、最初に火の魔法を失敗したんだから仕方ないよな……とにかく、ここは素直に従っておこう。

「はい、分かりましたお母様。気を付けて勉強します」

俺の返事を聞くと、お母様はそのままサーシャを連れて部屋から出ていった。

一人になったところで、俺は膝《ひざ》の上に本を載せる。読むだけだと念を押されてしまったとはいえ、憧れの魔法の本だ。ワクワクしながら、早速ページをめくってみる。

魔法は謎《なぞ》が多く、原理の解明はされていない。

最初からいきなりこれかよ！　教科書的なもののはずなのに、こんなことで大丈夫なのか？

そう思いながらも、更にページをめくっていく。


魔法は、イメージ・魔力・呪文の詠唱《えいしょう》が揃うことで発動する。

イメージや込める魔力の量によって、結果は異なる。

なお、魔力の量は人によって違う。

鍛錬《たんれん》で増やせるが、増やせる上限もまた人によって違う。上限に達すると増えなくなる。

魔法の上達には、イメージを鮮明にすることや、魔力の流れを感じ取ることが重要となる。

それらのためには、練習と努力が必要。

注意！　魔力を使い切ってはならない。命を落とす危険があるので、絶対に無理はしないこと。


うーん、なんだか分かったような、分からないような……できれば具体的なイメージ方法とかを教えてもらいたいんだけどな。これだけじゃ練習と努力のしようがないではないか。

続けてページをめくると、火魔法・水魔法・土魔法・風魔法の呪文が並んでいた。

火魔法はお母様に禁止されてしまったから、とりあえず水魔法から見ていくか。

俺は水魔法の欄の最初の呪文を眺める。

ここに集まり我に水を与え給え……ウォーター

呪文を唱えるのは禁止なので、頭の中でイメージしてみる。

水道もないのに水を出すには、どんな方法が考えられるだろう。俺としては、空気中の水分が集まって水になるというイメージが一番シックリくるかも……

んんん……⁉

そう思いながら目を凝《こ》らしたら、俺の体からもわもわと何かが出ていくのが見えた。

火魔法を使った時は意識してなかったけど、これが本にあった魔力の流れというやつなのか？

同時に俺のイメージした通り、空気の中からじわじわと滲《にじ》み出すようにして小さな水の粒が現れた。しかも空中に浮かんでいる。

えっ、待て待て！　俺は呪文を唱えてないぞ⁉　なのに、水魔法っぽいことが起きてないか⁉

なんでこうなったんだ⁉

そうこうしているうちに、水の粒はどんどん大きくなり、野球ボールくらいのサイズになってしまった。

動揺していると、水の球が布団の上に落ちてきて弾けた。俺は慌てて本をガードする。本は無事だったが、布団は水浸《びた》しになった。

なんだよ、魔法ってこんなに簡単に発動するのか？　本には練習と努力が必要って書いてあったから、てっきりもっと長い時間をかけなきゃできないものだと思ってた……

それにしても、この布団どうしよう。転生初日といい、二日間連続で布団を濡らしてしまった。

魔法を使わないと約束した手前、正直に告白するのは気が引ける。

そうだ。昨日と同じで、水を飲もうとしてこぼしたことにしよう。

そう考えていると、タイミングよくお母様が部屋に入ってきた。

「アル、お勉強は……あら、布団をどうしたの？」

「これは……お水を飲もうとしてこぼしてしまいました！」

俺はシミュレーション通りに答えた。

怒られるかと思いきや、お母様は特に気にした様子もなく、床に下りるように言う。そしてテキパキと濡れた布団を移動させ、窓から干してくれた。

「早く言ってくれてよかったわ。前のアルなら絶対に黙ったままだったのに。本当に成長しているのね。偉いわ」

危なかった。魔法を使ったことはバレずに済んだみたいだ。

しかし、こんなことで褒められるなんて……アルよ、お前はかなりのやんちゃ坊主だったようだな。

なんとも言えない気持ちになっていると、お母様が明るく口にする。

「あ、そうそう。夕方にはパパが帰ってくると思うわ。村の安全のために、泊りがけで森の見まわりをしていたのよ」

森……そういえば転生初日にも、森で大変なことが起きてるって聞いた気がする。

夕方になり、蹄《ひづめ》の音が聞こえてきた。窓の外を覗いてみると、馬に乗った人影が見える。アル君の記憶によれば、あれはうちの馬のシルバーだ。それに乗っているのが、アル君のパパのジェイ。この辺りを警備する騎士をしているらしい。

金髪を後ろで結んだ青い目のイケメンで、百八十センチくらいの長身だ。ちなみに遺伝なのだろう、アル君もジェイと同じく、金髪で目が青色だ。

しばらくするとドアが開き、今世のお父様が革鎧《かわよろい》のまま入ってきた。

「アル、大丈夫か？　お前のそばにいられなくて悪かったな。だが騎士である俺は、村の安全を守るのが仕事なんだ。分かってくれるな」

よし、第一印象が肝心だ。

そう考えた俺はできるだけ姿勢を正して、お父様に応える。

「お父様、僕こそ心配をおかけしてごめんなさい。これからは言いつけを守って、お父様のような立派な大人になれるよう努力します」

お父様はギョッとした顔をする。

「……お前、本当にやんちゃ坊主のアルなのか？　急にお父様なんて呼ばれたらビックリするだろ」

はい、また疑われてしまいました。でも中身が二十八才だから、これに慣れてもらうしかない。

しかし、母、妹、父と連続で怪しまれてしまっているな。

こんな調子でうまくやっていけるんだろうか……ほかにもまだ兄が二人いるんだよな。

そう思って肩を落としていると、お父様が優しく頭を撫でてくれる。

「……まあ、アルが元気そうで安心した。目が覚めないから、このまま死んでしまうんじゃないかと気が気じゃなかったんだ。治ってくれて本当によかった」

お母様だけでなく、お父様も優しいみたいだ。俺、絶対に親孝行する。

感動を噛みしめていると、お父様が不安げに言う。

「これからは危ないことはするなよ。当分安静にしておけ。あと、元気になっても、しばらく森には近付くな。村人が森で襲われて大怪我をしたんだが、襲ったものの正体が未だに掴めないんだ」

森が危ないって、そんなことが起きていたのか……逆にちょっと興味が……いやいや、今は幸せに暮らすことが第一だ。お父様の言いつけを守ろう。

自分に言い聞かせていると、お父様が尋ねてくる。

「さっきソフィアから聞いたが、アルは魔法の本を読み始めたんだってな？　俺は身体強化魔法だけは使えるが、ほかの魔法はさっぱりだ。だけどアルならソフィアの血を引いているから、勉強すれば使えるかもな」

お父様はどことなく寂しそうな様子だ。

「お前は棒を振りまわしてやんちゃばかりしていたから、てっきり俺のように剣術を習って騎士を目指すと思っていたが……まさか魔法師《まほうし》を目指すとはな」

ハッ……そういえばアル君は、騎士に憧れていたんだよな。

俺は慌てて否定する。

「お父様、僕は魔法使いを目指しているわけではありません。魔法も剣も使える立派な大人になりたいのです。元気になったら僕に剣術も教えてください」

すると、お父様は目を輝かせた。

よし、喜んでもらえたみたいだ。それに俺は、本当に剣術も使えるようになりたいんだ。だって、せっかく剣と魔法の世界に来たんだし。

「俺の剣の訓練は厳しいぞ、途中で逃げ出したら二度と教えないからな。それでもいいんだな？」

俺はお父様の言葉に、元気よく答える。

「はい、お父様！　絶対にやりとげる所存ですので、よろしくご指導ください」

「アル……なんかお前、変わりすぎじゃないか？」

お父様は唖然とした様子でそう言ったが、すぐに「いやいや、今のアルはものすごく聞き分けのいい子じゃないか。親にとっては喜ばしいことだ」と自分に言い聞かせるように呟いて頭を振った。

その後、改めて俺に向き直る。

「すまんすまん……じゃあ元気になったらビシビシ鍛えるから、そのつもりでいろよ」

お父様は部屋を出ていった。

入れ替わりに、今度はお母様が入ってくる。手に持ったトレーには、シチューの入った器が載っていた。

「さあアル、温かいうちに食べちゃいましょう」

そう言って、昨日みたいにシチューを木のスプーンですくい、何度も口に運んでくれる。

そうだ、お母様にさっきのことを報告しておこう。

「僕が元気になったら、お父様から剣術の稽古《けいこ》をつけてもらえることになりました」

お母様はとても嬉しそうにしてくれた。

「それはよかったわね、アル」

お母様の笑顔を見ると、俺も笑顔になる。それに、魔法の勉強も頑張ろうという気持ちになる。

というわけで、お母様がいなくなったあと……俺は再びペラペラと魔法の本をめくってみた。

部屋の中でバレずに練習できる魔法、なんかないかな。安全で、迷惑をかけないやつ。

しかし、めぼしいものを見つけられないまま最後のページになってしまった。

そこにはこう記されていた。


魔法師を目指す若人《わこうど》よ、上達への近道はない。

ひたむきな努力と練習あるのみだ。

君が魔法を習得し、世界を平和に導いてくれると私は信じている。

賢者アールスハインド

ええ、もう終わりか。これじゃ、今、練習できる魔法はないな……と思った瞬間、閃《ひらめ》いた。

あるじゃん、部屋でもできる安全な魔法。しかも体験済みのやつ。

俺は自分の頭に両方の手のひらをかざして、お母様のヒールをイメージしてみる。

呪文は確か……俺の怪我が治りますように、この者の怪我を癒し給え……ヒール。

こっそり練習したいので、今回も呪文は唱えず、イメージだけだ。

すると、魔力が流れる感覚があった。手に温かい光が集まり、それが頭から流れこんでくる。

信じられないことに、ヒールも発動できたみたいだ。

自分で自分にヒールをかけると、一度自分から出ていった魔力がヒールになってまた体に戻ってくるって感じみたいだ。

意味があるのか分からないけど、なんか楽しくなってきた。

グルグル～グルグル～、と調子よく循環《じゅんかん》させる。

しばらくやり続けていたけど、なんとなく怖くなって途中でやめた。

だって、これが本当にヒールなのか、俺にははっきり分からないしな。

もしヒールじゃないなら、本に書いてあった魔力切れとかいうのにならないか心配だ。死ぬ危険があるって注意書きされてたけど、もう一回死ぬのはいやだ。

だけど、本当に発動できてるとしたらすごいよな。お母様は何年もかけて練習したって言ってたし。

もしかして、今世の俺って普通じゃないのかな。

ここまでラノベのテンプレが続いてるけど、俺もテンプレのチート持ちだったりして。

《その通りです。普通ではありません》

ん？　今、誰かの声が聞こえた気がする……

しかも、前にもこんなことがあったような……

俺はキョロキョロと辺りを見まわしてみたが、誰もいなかった。多分、空耳だったのだろう。

□□□

《……見守ってはいても、気付かれないようにしないといけませんね。危ないところでした》

彼女は小さく呟いた。

《それにしても……魔法を無詠唱で使える人は普通いません。中でも治癒の魔法は特殊な系統で、適性のある人は少ないのです。しかも癒しの魔法をループしたことで、魔力量が急激に増え、髪の色が徐々に変化していますね。ループで魔力量が増えることを知っていたとは思えないのですが、本能的な行動でしょうか……わたしがちょっとだけ贔屓《ひいき》してしまったとはいえ、さすがというほかありません。まだあんなに小さくて可愛い姿だというのに……》

彼女はコホンと咳払いをしてから続ける。

《しかも、前世の記憶を取り戻してしまうなんて……》

転生者の男は、アルフレッドの体に途中から自分の魂が入りこんだのだと解釈していた。

しかし実際は初めからアルフレッドとして転生しており、頭を打ったショックで潜在意識にあった前世の記憶が呼び覚まされたのだ。

《ただ、本人はまだそれに気付いていないようですね……》

3　あの子、魔法が使えるの

この世界に来て三日目、やっとベッドから解放された。

ただしお母様から体調を心配され、まだ家から出ないように言われている。

というわけで、家の中でできることがないか探してみる。

まずは親孝行その一として、食堂を掃除することに決めた。

実はヒールのループをやっているうちに、いつの間にかウォーターの微妙なコントロールができるようになったんだよな。それを実践するのに、掃除はちょうどいい。

俺はウォーターをスプレーのような霧状《きりじょう》にして、床をまんべんなく湿らせる。

家の一階はタイルを敷きつめたような石造りの床だ。そのせいで、石の間に細かい土や砂がたくさん溜まっている。ホウキで掃くとそれが埃《ほこり》となって舞い上がり、そこら中が汚れてしまう。

しかしこの魔法で適度に床を湿らせておけば、土埃や砂埃が固まって泥《どろ》みたいになる。だから掃除がしやすいのだ。

掃除が終わったところで報告に行くと、お母様はとても喜んでくれた。

「ありがとう、アル。ママすごく助かるわ」

よしよし、親孝行は順調だ。

手伝いが終わると、もうやることがない。風呂場でウォーターの練習でもしよう。

風呂場に着くと、周りに誰もいないのを確認してからウォーターを発動する。

本を読んだ時と同じように、水が出るイメージをする。

すると手より少し先の空間から、水が出始めた。水量としては勢いの弱い水道くらいのものながら、十分間ほどジョロジョロと出し続けられた。

そうして魔法を練習していると……ふと背中に気配を感じる。

振り返ると、そこにはポカンと口を開けたお母様がいた。

□□□

私はソフィア。最近アルの様子が少し変だけど、成長だと思って見守っていたの。

今日も掃除をお手伝いするって言ってくれたわ。せっかくだからお願いしたけど……六才で綺麗《きれい》にお掃除するのは難しいはず。後始末をするつもりで食堂を見に行ったの。

そしたら、驚いてしまった。私がするよりも綺麗になっている。

あの子、一体どうやって掃除したのかしら。いつも一階の掃除に使っている桶《おけ》や雑巾《ぞうきん》はそのままなのに。不思議に思っていたら、アルがお風呂場に行く気配《けはい》がした。

気付かれないようにそっとあとをつける。

すると、お風呂場でアルがしゃがみ、無言のまま両手をかざした。

瞬《また》く間《ま》に、手からジョロジョロと水が出始める。

開いた口が塞《ふさ》がらない。まさかもう水の魔法を使っているなんて。

魔法の本を渡してから、まだ二日しか経っていない。なのに制御の精度も魔力量も、普通では考えられないレベルだわ。

すぐに魔力がなくなるだろうと思って見ていたら、十分間も続いていた。

魔力切れは命に関わるのでやめさせなければと一歩近付いたら、あの子が振り向いて目が合う。

「お母様？　いつからそこにおられたのですか？　声をかけてくだされればいいのに……ビックリしてしまいました」

「アル、あなたいつの間に水の魔法が使えるようになったの？　そういえば……もしかして、お布団を濡らしたのも、魔法のせいだったの？」

アルは気まずそうにもじもじしている。

「……お母様に貸してもらった魔法の本はすごいですね！　呪文は口にせず、読んだだけなのに水の魔法が使えるようになりました。まさに魔法の本だったんですね」

この子なかなかうまいこと言うわね。魔法みたいに魔法が使えるようになる本ですか……

そんな魔法の本は見たことも聞いたこともありません！

それに、今のがウォーター？　水が連続で出続けるなんておかしいわ。あんなに連続で魔法を使ったら、普通の子供は魔力切れで倒れてしまうのに。

「あなた、もしかしてお掃除の時も何か魔法を使った？」

「ごめんなさい。すごく小さなお水をいっぱい作って、埃が飛ばないようにしてお掃除しました」

そんなことができるの!?　私にはできないわ……

あの本にだって、そんな魔法の使い方は書いていなかったはず。

「ママに教えて。あなたの使った魔法はどんな呪文を詠唱したの？」

アルは口ごもっていたが、ようやく答える。

「呪文は……ないんです。頭の中で小さなお水がいっぱいできるよう考えたらできちゃいました」

「呪文の詠唱をしない？　そんな魔法師には会ったことがないわ。

まるで言い伝えにある、賢者アールスハインド様みたい。

私の想像をはるかに超えていて、どうしたらいいか思いつかない。

突然、外から馬の蹄の音がした。アルをお風呂場に置いて見に行く。

庭に出ると、いつもより早く帰ってきたジェイの姿があった。

森に迷いこんだ村人を送ってきたついでに、村の様子をパトロールして戻ってきたみたい。

私は慌ててジェイの袖《そで》を掴む。

「あなた、アルのことでお話があるの」

ジェイを食堂に連れていくと、ひそひそ声で話す。

「あの子が頭を打ってから、言葉遣いが丁寧になって、お手伝いも進んでしているのは前にも話したでしょう？」

ジェイは落ち着いて答える。

「ああ、ちょっと変わりすぎじゃないかとは思ったが……いい方向に変わったんだから、何も心配することはないだろ？　俺は見守ってやろうと思っている」

「私もあなたと同じように思っていたの。でもね……あの子、もう魔法を使っているのよ」

ジェイがギョッとした様子で、大きな声を出す。

「は⁉　本当か？　今まで魔法に興味も示さなかったアルが？」

私は口に人差し指を当てて、ジェイに静かにしてもらう。それから小声で話を続ける。

「そう、それもかなりのレベルなの。掃除にも魔法を使っていたくらいよ。しかも、どんな魔法なのか呪文を聞いたら『呪文はない』って……」

「どういうことだ？　言っている意味が分からないのだが」

ジェイは動揺している。

それはそうよね。私だってまだ何が起きているかよく分かっていないのだもの。

「私も驚いたのだけど、呪文の詠唱をしないのよ。無詠唱で魔法を使っているの。物語に出てくる賢者様のように！」

「……それは本当か？　無詠唱なんて普通ありえないことだぞ」

「だから相談したのよ。それにその魔法なんだけど、アルが言うにはすごく細かい水の粒をたくさん作って、埃が飛ばないように掃除したらしいの」

「そんな魔法、聞いたことがないぞ」

「私もないわ……魔法の本には書いてないし、私も使えない。普通のウォーターの魔法とは全く違うのよ」

ジェイは絶句してしまった。

それから私とジェイは居間に移動し、アルを連れてきた。アルの魔法をジェイにも見てもらおうと思ったの。

「アル、魔力はちゃんと残っている？　使いすぎると命に関わるから注意してね」

「はい、お母様。疲れてないです。魔力も残っているので、大丈夫です」

あら⁉　さっきまで気付かなかったけど、アルの金髪の色が薄くなってきている気がする。アルの体から感じる魔力も、ものすごく強くなってる。

一体この子はどうなっちゃうのかしら……

□　□　□

水魔法の練習が、お母様にバレてしまった。

怒られるかと思いきや、居間に連れてこられた。そしてお母様から、満面の笑みで言われる。

「アルのお掃除、ママより綺麗になっていて驚いたの。居間でもやってみてくれる？」

な、なんか笑顔が怖いんですが。

俺が悩んでいると、いつの間にか帰ってきていたお父様からも言われる。

「俺もアルの魔法を見てみたいぞ。ずいぶん上達したらしいじゃないか」

今、お父様とお母様がアイコンタクトしたような気がする。なんか変な雰囲気だけど、断る理由もないし、仕方ないか……

俺は勝手にミストと名づけた魔法を発動し、床を掃除する。

あれ？　お父様とお母様の反応が予想と違うのだが。

二人とも無言のままで、何も感想を言ってくれない。ここは褒めて伸ばすところですよ！　お二人とも！

俺がじっと見つめているのに気付いたのか、慌てた様子でお父様とお母様がコメントしてくる。

「アル、すごいなお前。ママの言う通り、これなら掃除が綺麗にできるわけだ」

「見せてくれてありがとう、アル。明日からも掃除はアルにお願いしてもいい？」

「はい、喜んで」

笑顔で返事をしたのはいいけど、怪しまれたこともバッチリ伝わってきた。

俺の魔法って、やっぱりチートなのか……？

□□□

子供たちが寝静まってから、ジェイとソフィアはアルの魔法について話しあった。

アルは見たこともない魔法を、詠唱せずに使いこなしていた。

こんなことは前代未聞《ぜんだいみもん》だし、きっと誰にも真似できない。レベルでいえば、王宮か魔法院で魔法師の職に就くくらいの実力だ。今でさえそれほどすごいのだから、将来はどうなるのか想像もつかない。

しかも魔法だけではなく剣術も習いたがっている。もしも魔法と剣術、どちらも高レベルで使えるようになれば、物語に出てくる英雄よりも目を引くことになるだろう。

しかし、ともかくアルはまだ六才だ。平穏な生活を送ってほしい。そのためには魔法のことを知られないように守ってやりたい――二人の意見はそう一致したのだった。

□□□

転生四日目――今日は朝からみんなが出かけてしまった。

お父様はいつものように森へ見まわりに、お母様はサーシャを連れて村の集まりに……俺は相変わらず家で安静にするよう言いつけられているので、大人しく留守番をしている。

暇なので魔法の本をめくりながらボーッとしていると、窓の外が騒がしい。

飼い犬のベスが吠えているようだ。

ベスは真っ白な大型犬だ。フワフワの毛並みで、元の世界でいうとサモエドという犬種に似ている。

うちの庭では鶏《にわとり》を飼っていて、ベスの仕事はその番だ。放し飼いになっているベスは、鶏を狙う野生動物を追い払ってくれる。とはいっても乱暴な性格ではなく、人を噛んだりしない。お利口さんだ。

普段は吠えたりしないのにおかしいな……そう思って、二階の窓から外を覗いてみる。

俺はギョッとして、思わず窓から首をひっこめた。

庭に狼《おおかみ》がいる。しかも四匹も。ベスは狼に向かって吠えていたのだ。

狼って、こんな真っ昼間に民家の庭に入ってくるものなのか？

窓から顔だけ出して、じっと様子を窺《うかが》う。狼はベスを囲むようにしてジリジリと近付いてきていた。

このままではベスが危ない！

そう思って助けに行こうとして、ふと気付く……俺は現在六才児の体だった。

武器になるものはないし、助けるどころか、俺もやられてしまうんじゃないか？

とりあえず階段を駆け下りて一階に向かう。武器になるもの、なんかないかな。

お父様は剣を持っていたけど、武器がしまってある場所なんて知らない。それに俺に大人用の武器が扱えるとも思えない。

ええい、もうしょうがない。ベスのピンチを放っておけるか！

俺は迷いを振りきり、裏庭に続くドアへ向かう。

お母様、ごめんなさい。言いつけは守れませんでした。

ドアノブをまわし、異世界に来て初めて外に出る。

裏口を出たら、家の壁づたい移動する。家の角までたどり着いたところで、陰からそっと覗いてみた。すると、ちょうどベスの背中が見える。

ベスは唸り声をあげて狼を威嚇《いかく》している。しかし四匹の狼は輪を狭めるようにして、ベスに迫ってくる。

やばい……けれどそう思うのと同時に、なぜかどんどん気持ちが落ち着き、冷静になってきた。

一体俺はどうしたんだ？　恐怖で頭がおかしくなってるのか？

とにかく武器がないのだから、別の方法でなんとかするしかない。

考えを巡らせていると、この世界で最初に使った魔法のことが頭に浮かんだ。あの火の魔法を使えば、狼を追い払うくらいはできるかもしれない。

お母様、ごめんなさい。また言いつけを破ります。

火の魔法を使った時のことを思い出しながら、酸素を集めるイメージをする。

そこでハッと気付いた。確か水素と酸素の化合物に点火すると、大きな反応が起きる。化合物をたくさん集めたらかなりの威力になるはずだから、それを利用して狼たちと戦えるかもしれない。

俺は酸素だけでなく、水素を集めるイメージをする。大気中に水素はほとんど含まれなかった気がするけど、前に水蒸気から水を取り出せたんだからなんとかなるはず……そう思いながら意識を集中し、それが狼たちの前に集まるように操作する。

こんなに距離が離れている相手に向かって魔法を使うのは初めてだ。うまくいく保証はない。

狼たちを見ると、更にベスに近付いていた。今にも飛びかかりそうな勢いだ。

俺は空気を圧縮して高温にし、水素と酸素の化合物に点火する。

ボンッと音がして、小さな爆発が起きた。

狼たちは驚いたように跳び上がり、ベスから距離を取る。

俺は壁の陰でガッツポーズをする。思った通り、水素爆発を起こすことができた。

しかし、狼たちは遠巻きになっただけで、まだベスの方を睨《にら》んで唸《うな》っている。

もう一度、今度はもっと大きな爆発を起こすしかない。狼たちがさっきより遠くへ行ったので、俺は壁の陰から出て、ベスの前に立った。

急いでもう一度水素と酸素を集めて、化合物を作るイメージをする。

化合物を狼たちの前に動かそうとして、ふと気付く。狼たちがみんな、脅《おび》えたように体を縮めている。

なんだ、急にどうしたんだ？　もしかして、俺を怖がっているのか？

不思議に思っていると、突然背後から、地面を揺るがすようなすさまじい声がした。

狼たちは一斉に体の向きを変えると、そのまま一目散に走り去っていった。

な、なんだ今のは……俺は振り返って、そのまま動けなくなった。

ベスが見上げるほどの大きさになっている。

俺が巨大なベスを呆然と見つめていると、ベスもハッとした様子で俺を見る。

次の瞬間、ベスは元の大きさに戻っていた。そして「別に何事もありませんでしたよ」みたいな顔でこっちを見上げ、パタパタと尻尾《しっぽ》を振っている。

この可愛いフワフワのベスが本当に巨大化したのか……？　なんか、夢でも見ていたんじゃないかという気持ちになってきた。

そうだ、ここは異世界だ。異世界の犬は突然巨大化するのかもしれない。お父様やお母様に確認してみたいところだけど……もし俺の白昼夢《はくちゅうむ》だったら、怪しまれているのに拍車《はくしゃ》がかかる気がする。

よし！　夢だったということにしよう！

俺は頑張ってくれたベスをよしよしと撫でてやると、家の中に戻った。

□　□　□

アルフレッドの姿が見えなくなったところで、ベスの耳にお説教が飛びこんできた。
《ベス、許可なく大きくなってはいけません！　せっかくあなたを飼い犬として送りこんだのに、神獣《しんじゅう》とバレてしまったらどうするのですか！》
ベスは呆れた様子で、女性の声に応える。

といっても、いつもアルたち家族に接する時のように鳴き声を出したりはしない。その女性と同じように念話《ねんわ》を使った。

《ええ……あなたが『あの方を見守るように』とか言ってぼくを送りこんだんでしょ……だから大きくなって守ってあげたのに。そもそも、こんなまわりくどいことせずに、あなた自身が人間界に来たらいいいんじゃないでしょうか》

ベスがそう反論すると、すぐに焦った彼女の声がベスに聞こえる。

《そ、そ、そんなことはできません……》

ベスの頭には一人で照れている彼女の姿が浮かんだ。

彼女はものすごく恥ずかしがり屋なのだ。アルフレッドのことが気になって仕方ないのに、天界からそっと見守っている。

彼女は地上の出来事に干渉できない。その理由がこの世界がそういう仕組みでできているせいなのか、彼女の性格のせいなのかは、ベスにもよく分からない。

とにかく内気《うちき》な彼女に代わり、アルフレッドをすぐ側《そば》で見守る存在として、ベスが送りこまれたのだ。

ベスが大きくため息を吐いていると、彼女の嬉しそうな声が聞こえてきた。

《それにしても……先ほどの魔法、普通とは違っていましたね。ですが、混合魔法《こんごうまほう》にも当てはまりません》

《へえ〜、ぼくには全然分かりませんでした。賢者様みたいに無詠唱だったから、爆裂魔法《ばくれつまほう》が使えたんじゃないんですか？》

この世界の人々は、魔法を使うために詠唱を必要とする。魔法を一つ発動させるごとに詠唱が必要なので、二つ以上は同時に発動できないのが普通だ。

だが、無詠唱であれば複数の魔法を同時に発動させられる。加えて違う属性の魔法を同時に発動させ、組み合わせることもできる。これが混合魔法といわれるものである。

かつて賢者アールスハインドは、数々の混合魔法を生み出した。火と風の魔法をかけ合わせた爆裂魔法もその一つだ。

一般の魔法師が爆裂魔法のような複数の属性をかけ合わせた魔法を使う時には、何人かの魔法師が別の属性の魔法を詠唱して発動しなければならない。この方法は複合魔法と呼ばれる。複合魔法《ふくごうまほう》すら連係が難しいので、上級魔法に区分されている。

しかし、先ほどアルフレッドが使った魔法は、どの魔法とも違っていた。

というのも彼が使う魔法のイメージ方法は、この世界の人々とは根本的に異なっているのだ。かつての賢者ですら、アルフレッドのような発想は持っていなかった。この世界で生きている人には、アルフレッドの魔法の仕組みは理解できないだろう。おそらく、混合魔法として捉えられるはずだ。

彼女は独り言のように呟く。

《自然の理《ことわり》を会得《えとく》していなければ、あのように魔法を発動することはできません。あの方を転生

させるためには、勇者、賢者、聖者の力を与える必要があったとはいえ、この世界に存在しなかった方法で魔法を操るなんて……》
勇者は力や武術、賢者は知識や魔法、聖者は癒しの力を司《つかさど》る存在だ。
彼女は色々な事情があって、全ての力をアルフレッドに与えることで、この世界に転生させた。
そのことが早くも、彼女さえ予期していなかった力の発現につながっているのかもしれない。
これから先もこのようなことが起きるなら、アルフレッドはこの世界の根幹を覆《くつがえ》すような存在となる可能性もある……
彼女がアルフレッドの才能に思わずうっとりしていると、ベスが冷静に言う。
《あの……自分の世界に入っていませんか？》
彼女はハッと我に返り、慌ててベスに告げる。
《ベス、あの方を守ってくれてありがとうございます。でもこれからは、許可なく大きくならないようにしてください。なるべく普通の犬っぽくしていてくださいね。お願いします》
《はぁい……》
ベスは諦めたように返事をすると、できるだけ普通の犬らしく地面の上に丸まったのだった。

4　やっとお外へ

転生五日目、俺は家の手伝いをして過ごした。

今日は掃除に加えて、水汲《く》みをお願いされた。といっても、井戸や川から汲んでくるわけではない。どうやら魔法で出した水は飲めるらしい。また一つ勉強になった。

お母様が用意した大きな甕《かめ》に、ウォーターを使って水を注ぐ。

前よりも水の勢いがよくなっている気がする。

その様子を、お母様とお父様にじっと見つめられてしまった。お二人とも、視線が痛いのですが……

それが終わったところで、今度はサーシャに絵本を読んであげることにした。

絵本は何冊か種類があるようで、サーシャがお気に入りの騎士とお姫様の物語のほかに、別のお話も読み聞かせる。

「この世を統《す》べる女神様は、人の世を守るため、気高《けだか》き三つを生み出しました。一つは勇者、一つは聖者、一つは賢者。勇者は剣の力、聖者は癒しの力、賢者は魔法の力を与えられました。気高き三つは人の選んだ王を助けました。人は女神様を崇《あが》め、幸せに暮らしていました。しかしある時、邪神《じゃしん》が現れて人々を襲いました。邪神との戦いで王は片足を失いました。気高き三つは魔大陸《またいりく》に赴《おもむ》き、ドラゴンを倒して秘薬《ひやく》エリクシアを持ち帰りました。秘薬エリクシアの力で、失われた王の足は元に戻りました。こうして人の世は栄え続けました」

なんだかお姫様の絵本とまた毛色が違うな。

これは異世界の神話とか、伝説的なお話なのだろうか。勇者や聖者や賢者、それに女神様が本当にいるなら、まさに憧れのファンタジーの世界だな。

おうちで安静にする今の生活が終わったら、もっとこの世界のことを知りたいものだ。

ワクワクしながら本を閉じると、サーシャはウトウトしていた。

この絵本、三才には少し難しい話だったのかな……と思っているうちに、ついにサーシャは横になって眠ってしまった。サーシャの寝顔はまさに天使のように可愛い。

俺はベッドから毛布を取ってきて、サーシャにかけてやる。すると、昨日の疲れが出たのだろうか。サーシャを見ているうちに俺もだんだん眠くなってしまった。


そして、いつの間にか二人で寝てしまったのだろう。

お母様の「夕食よ」という声で目を覚ました。外を見ると暗くなっている。

俺はサーシャを起こすと、手をつないで一階の食堂に下りていった。

テーブルの上には質素ではあるがおいしそうな料理が並んでいた。パンやサラダ、シチューなどがある。ランプの光がそれを温かく照らしている。

お父様は既にテーブルについていて、サーシャを膝の上に抱きかかえる。俺はその隣に座った。

すると、お母様がいい匂いのする大きな皿を持ってやって来た。そこには何かの鳥の丸焼きが載っていた。

「昨日、パパが猟師さんからいただいた鳥ですよ」

お母様はそう言いながら、手ぎわよく鳥を切り分け、木のお皿に入れて配ってくれる。

いい匂いがして、おいしそうだ。味つけは何だろう？

鳥は皮が少し焦げていて、北京《ぺきん》ダックのような光沢があった。

「お母様、これはどうやって作るのですか？　皮の光沢とパリパリした食感が素晴らしくて気になりました。もしかして蜂蜜《はちみつ》を使うのかなと思ったのですが、当たっていますか？」

お母様が嬉しそうに手を叩く。

「アル、すごいわ。あなたの言う通りよ」

「蜂蜜を使うと、こんなに綺麗に焼けるんですね」

お母様は癒しの魔法だけじゃなく、料理もうまいんだな。俺が感心しながら鳥の肉を頬張っていると、お父様が楽しそうに尋ねてくる。

「お、アルは料理人を目指すのか？」

お父様の膝に乗せられてご飯を食べさせてもらっていたサーシャも、一生懸命に言う。

「サーシャもお兄ちゃんにご飯作りたい」

サーシャ、なんて兄思いのいい子なんだ……サーシャに料理を作ってもらえる日を楽しみにしているよ。

俺が頭の中でサーシャにいいねを送っていると、お母様がお父様に言う。

「パパ、また材料の鳥をお願いしますね。サーシャもアルも、次はママと作ってみましょう」

「任せておけ、今度は俺が狩ってきてやる。弓も少しは使えるからな……鳥くらいなら狩れるだろう、多分……まあダメだったら、村の猟師に譲ってもらう」

お父様は最初胸を張っていたが、だんだん声が小さくなっていった。

「もうパパったら、そんなに気弱になって」

お母様の言葉に、みんなが笑う。

俺は家族の温かさに包まれ、心の中で「サイコーーー!!」と叫んでいた。

もっと交流を深めたいと思い、お父様に頼んでみる。

「お父様、僕も一度狩りを見てみたいです」

「アル、気持ちは分かるが、もう少し大きくなるまでダメだ。特に最近の森は、動物たちに落ち着きがなくて様子がおかしいんだ。原因が分かるまで、絶対森には近付くなよ」

森の様子がおかしいというのは何度か耳にしているが、この様子だとまだ解決できていないのか。

一体、何が起きているんだろう?

俺はとりあえず、元気よくお父様に返事をする。

「はい、お父様。大きくなったらお願いします」

「分かった、約束だ。それまでは剣術を稽古して、体を鍛えような。ママの手伝いも忘れるなよ」

「はい、お父様。努力します」

こうして和《なご》やかに食事が進み、料理は綺麗にみんなのお腹の中に収まった。

俺はお母様を手伝い、食卓のお皿を片付けた。

食事が終わると、もうやることがない。俺は自分の部屋に行き、ベッドに座った。

ゲームもパソコンもスマホもな～んにもない、そもそも電気がない。

この世界では暗くなったら寝る、明るくなったら起きるという生活が普通みたいだ。

以前だったら耐えられなかったはずだけど、俺も異世界に慣れてきたのだろう。これが人間の正しい生活なのでは……と思うようになってきたのだった。

□　□　□

本日、やっと家の外に出てもいいとお許しが出た。実はもう出てしまっているのはナイショだ。ごめんなさい、お母様。

ただし、外に出られるといっても完全に自由ではない。お母様から言いつけられたことがある。しばらく運動を控《ひか》えて大人しくしていること。それと、魔法は人に見られると騒ぎになるので使わないこと。

外に出たら癒しの魔法や水魔法以外の練習ができるんじゃないかと期待していたので、それを聞いてガッカリしてしまった。

しかし、そう言われるのも分かる。俺の魔法を見て、お母様もお父様も、ものすごくビックリしていたもんな。多分普通じゃないんだろう。

そうだ、俺ってチート持ちかもしれないんだ。

もし本当にチート持ちなら、ラノベのテンプレみたいな展開が待っているかもしれない。例えば絵本にあったようにドラゴンを倒したり、幻《まぼろし》の薬を手に入れたり。いずれ魔法を使って大活躍する時がやって来るはずだ。まあ、今は主に水を出してばかりだけど……

俺は気を取り直し、庭を探検してみることにした。

庭を歩きまわってみると、家の周囲は一・五メートルくらいの塀で囲まれていることが分かった。シルバーのいる馬屋も覗いてみた。その隣には犬小屋があり、そこから出てきたベスが小走りでこちらにやって来る。

狼に襲われた時はありがとう。いや、あれは夢だったんだよな……？

なんともいえない気持ちで眺めていたら、ベスが木の棒をくわえているのに気付いた。

しばらく遊んであげてなかったから、寂しかったのかな？

ベスは木の棒を俺の足元に置く。そして投げてほしそうな顔でこちらを見上げ、ちぎれそうな勢いで尻尾を振る。

俺は棒を手に取って、軽く投げた。三メートルくらい飛んだかな？

ベスは嬉しそうに走っていく。棒をくわえるとすぐに戻ってきて、再び俺の足元に棒を置く。

本当に嬉しそうだ。飽きるまでつきあってあげよう。

——と思っていたのだが、六才児の投げられる距離には限度がある。

投げるのはいいけど、ベスが一瞬で戻ってきてしまう。なんなら空中でキャッチされる。

そして戻ってくるたびにベスは尻尾をパタパタと振り、キラキラした目で見つめてくる。まだまだ遊び足りないみたいだ。

ベスをもっと満足させる方法はないものか……と考えているうちに、ふと思いついた。

以前、お父様が身体強化魔法を使えると言っていた。それを使えば遠くまで投げられるかもな。

ヒントを求めて、アル君の記憶をたどる。

騎士に憧れていたアル君は、身体強化魔法がどんなものか、お父様から聞いていた。

早く動けたり、力が強くなったり、反射神経が鋭くなる魔法みたいだ。

お母様の癒しの魔法が使えたんだから、お父様の魔法も使えるかもしれないな。しかも自分の体に使う魔法だから、練習してもバレない気がする。

ということで、こっそり試してみることにした。

アル君の記憶にはお父様が身体強化魔法を使っている場面もあったけれど、それだけだとやり方は全く分からない。とりあえず試行錯誤してみるしかなさそうだ。

手始めにヒールがループした時みたいに、魔力を体の中で循環させる。これをやったあと前より魔力量が増えた気がしたので、身体強化も似た感じでできないかなと思ったのだ。

血管を血が流れるように、魔力が体中を巡っていくイメージをする。そのうち、魔力が体に満ちていくような感覚があった。

これでできたかな……？　そう思って、試しに棒を投げてみる。

しかし、別に距離に変化はなかった。棒の重量を軽く感じたりもしない。

うーん、分からん。魔力を循環させるだけだとダメなのかな？

そう思っているうちに、ベスがまた棒を拾って戻ってきた。ありがとな、ベス。

よし、今度はイメージ方法を変えてみよう。もっと具体的に考えるんだ。俺の記憶にある人体解剖図などを参考に、筋肉が太く強くなり、神経の伝達速度が上がるイメージをしてみる。

俺はもう一度棒を拾うと、同じような力で投げた。

するとさっきとは違う感覚があり、棒はものすごい勢いで飛んでいった。

ベスは大喜びで駆け出す。

俺は呆然としながらその光景を見守っていた。

今、軽く四十メートルは飛んだ気がする。本当に自分がやったのか信じられない。俺、やっぱりチート持ちみたいだ……

と、とにかく身体強化魔法のイメージ方法はこれで合っているらしい。お父様が帰ってきたら、それとなく確認してみよう。

それから俺は繰り返しベスに棒を投げてやった。

魔法は使わない約束だけど、お母様が心配しているのは人目について騒ぎなることだ。なら、誰にも見つからないようコッソリやれば大丈夫かな、なんて……

しばらく続けると、ベスが舌を出してハッハッと息を切らせながら、俺の近くの地面に伏せた。

どうやら満足してくれたみたいだな。

しかし俺はそこで家の中に戻ることはせず、キョロキョロと辺りを見まわした。

身体強化魔法が成功したことで、ほかの魔法も試してみたくなったのだ。

庭にお母様が出てくる様子はない。ということは、さっきの身体強化魔法による棒投げはバレていない……？　なら、ちょっとくらい大丈夫なんじゃないだろうか？

そう思うとついワクワクしてしまい、できるだけバレなさそうな魔法を思い浮かべてみる。

火魔法は……やめておこう。絶対に何かやらかしそうな気がする。一番安全そうなのは……と考えた結果、土魔法を使ってみることにした。

俺は初級魔法の本に書いてあったグランドダウンという土魔法を思い浮かべる。本には土を押し下げる魔法だと説明されていたやつだ。

両手を土の上に広げ、頭の中で呪文を唱える。

我に力を与え地面を下げさせ給え……グランドダウン。

すると魔力が両手に集まり、土に降り注いでいく感覚があった。俺は直径三十センチくらいの円をイメージしてみる。

　すると、目の前の土がだんだんと円形に下がっていく。

　よく見たら、土が細かく振動しているみたいだ。魔法で振動が起きて、土を粉砕《ふんさい》しているんだろうか。十分くらい続けると、地面が円形に五センチほど下がっていた。

　……地味だ。この魔法、使い道あるのかな？

　それにこのままだと、誰かが段差につまずく気がする。埋めといた方がいいだろう。

　そう思って穴を踏んでみると、予想外の感触があった。

　振動で砕かれた土は、てっきりサラサラになっていると思った。しかしその反対にカチカチに固まっていたのだ。

　そういえば、道路工事でこんな光景を見た気がする。転圧機《てんあつき》という道具を使って地面に振動を与えると、土やアスファルトがギュッと固まるのだ。

　そうか、あれと同じ現象が起きたんだな。

　三十センチという具体的な範囲をイメージして魔法を使ったから、その部分の土が同じ場所に留まり続けて、更に上から振動を与えられたことで固められてカチカチになったんだ。

　今回は魔法の範囲を指定したからカチカチになったけど、穴を掘るようなイメージをすれば一気に地面が下がりそうな気がする。

　穴を掘るといえば、スコップとかで地面を掘ると土の山ができる。

俺は魔法の本に、グランドアップという地面を押し上げる魔法が載っていたことを思い出した。

グランドダウンとグランドアップ、この魔法はもしかしてセットで使うのかもしれない。

俺はさっそく両方の魔法を同時に使ってみることにした。

グランドダウンで穴を掘れば、土が移動する。その土を使って、グランドアップで何か作れないかと思いついたのだ。とりあえず、四角柱にするイメージをしてみる。

すると、さっきよりずっと早く地面が下がり、その隣に野球のベースみたいな土の盛り上がりができた。

やってみると、なかなかおもしろい。もう少し魔力量を増やしてみる。

そうやって二十分ほど続けていると、一メートルほどの深さの穴と、同じくらいの高さの四角柱が一緒にできあがった。

柱を叩いてみると、想像以上に硬い。まるで石のようだ。

もっと練習すれば複雑な形が作れるのかもしれないと思うと、すごく興味が湧いた。

色々と試してみたいところだけど、誰かに見つかるとまずい。今日はこれくらいにして元に戻しておこう。

俺は柱の土を使って穴を埋め、地面が平らになるイメージをする。

しかし、実際の地面は少しへこんでいた。掘った土を元に戻したはずなのに、なぜ足りないんだろう？

色々考えていたら、突然答えにたどり着いた。

原因は四角柱が石のようにカチカチになっていたことにあった。グランドアップで作った柱は、最初の穴と同じようにすごい圧力で固められていたのだ。それを砕くと土の体積が大きくなり、穴がきちんと埋まるということが分かった。

なかなか奥深い魔法だな……感心していると、近くでポトッと物が落ちる音がした。

音のした方を見ると、ベスがいた。その下には木の棒が落ちている。

魔法に夢中になって、ベスを待たせていたことを忘れていた。

ベスは先ほどと同じように尻尾を振りながら、「投げて！」という感じの顔で見つめてくる。

仕方ない。練習につきあってもらったから、お礼に投げてあげよう。

ついでに身体強化魔法の復習のため、魔力を体に巡らせて筋力を強化する。

二十メートルくらい飛ばすつもりで軽く投げたはずだったのだが、結果は大暴投だった。棒は塀を越えて飛んでいき、見えなくなる。百メートルくらい飛ばしてしまったらしい。

しかし、慌てている俺を尻目に、ベスは棒を追いかけて駆け出す。

そして家の庭を囲む一・五メートルくらいの塀を、軽々と跳び越えてしまった。

ほとんど間を置かず、今度は塀の向こうから嬉しそうに跳んで帰ってくる。その口には、しっかりと棒がくわえられていた。

「別に何事もありませんでしたよ」みたいな顔をしたベスから、くわえた棒を渡された。

ベスの体高は六十センチくらいになのに、なんで倍以上の高さの塀を跳び越せるんだ？

ベス……お前、チート犬だったのか？

俺は混乱しつつもベスの頭と体を撫でてやり、ひとまず家に戻ることにした。


ドアを開けて中に入ると、いきなりお母様に出くわした。

お母様、微妙に笑顔が怖いのですが……そう思いながら、おそるおそる話しかける。

「お母様、どうされたのですか？」

「アルに聞きたいことがあって待っていたの。お外ではどんなことをしていたの？」

ゲッ……庭で魔法を使ったのがバレてる気がする。

俺は必死で六才の子供っぽい説明をする。

「えっと……そうですね。ベスに棒を投げたり、土遊びをしたりしてました。そうそう、ベスは塀を跳び越えて棒を取ってきたんですよ。すごいでしょ」

「それはすごいわね。でも……ママはもっと驚くことがあったの」

お母様は改めてニコッと微笑んだ。お母様、笑顔が更に怖くなったのですが……

「アル、あなた魔法を使っていたでしょう！」

やっぱり、バレてますよね……俺は素直に頭を下げる。

「はい、ごめんなさい。お外に出られたのが嬉しくて、つい練習してしまいました。それでさっき、身体強化魔法と土魔法が使えるようになりました」

　お母様は呆気に取られたような顔をして、しばらく黙っていた。

「あなたには驚かされっぱなしだわ……」

　そう言ってため息を吐いたあと、お母様は続ける。

「……アル、あなたには魔法の才能があるわ。それだけ魔法が使えれば、たくさん使いたくなるでしょう。でも約束してほしいの。絶対人に見られないようにしてちょうだい。あなたはまだ小さいわ。それなのに魔法を使えると分かったら、穏やかに暮らしていけなくなるかもしれないのよ」

　お母様はいつになく厳しい口調だったが、俺を思いやってくれているのが伝わってきた。

　そうだ、俺は異世界で親孝行をすると決めたんじゃないか。お母様をわずらわせるわけにはいかない。

「分かりました、お母様。お約束します。僕はやればできる子です！」

　力強く言うと、お母様は笑顔になってくれた。

「ありがとう、アル。それから、パパが帰ってきたら身体強化魔法を教えてもらうようにしなさい。誤った使い方をすると、危険な魔法なのよ」

　俺はお母様の助言に従い、帰宅したお父様に身体強化魔法について教えてもらった。

　結論からいうと、お父様の教えはよく分からなかった。

「ここで手をビシュッと、ここで足をダン！」なんて言われても、身体強化魔法を理解できる人は少ないと思いますよ、お父様。

でも、役立ったところもある。まず目の前で身体強化魔法を見せてくれたので、魔力の動きを理解できた。おかげで、自分の身体強化魔法の発動方法が間違っていなかったのが分かった。

それから、注意すべきことも教えてもらった。身体強化魔法は使いこなせないと体の負担になり、大怪我をするらしい。魔法を使った部分が動かなくなったりするらしいというから、筋肉や神経が切れてしまうのかもしれない。

お母様が危険だと言っていたのはこのことだったのか……気を付けて使わないとな。

5 剣術の修業と、古武術《こぶじゅつ》

庭に出られるようになったので、以前お父様にお願いしていた剣術の稽古が始まった。

といっても、基本の攻撃の型を教えてもらい、毎日一時間ひたすら練習用の木剣を素振りするだけだ。

まずは、体力をつけないとダメらしい。

地道な訓練が続いたが、俺は単調な練習も真面目に続けた。

一生懸命教えてくれるお父様の期待に応えたいという気持ちもあるけれど、純粋に楽しんでもいた。

こうして訓練をしていると、前世で古武術に励んでいたことを思い出す。

古武術というのは、日本に古くから伝わる戦闘技術のことだ。柔術、弓術、剣術……ほかにも扱う武器や技能によって様々な流派がある。

前世で俺が唯一熱中していたのが、この古武術だった。

きっかけは近所に道場があったことだ。そこで目にした演武の動きに夢中になり、小学校に通う前から道場に通っては、飽きもせずひたすら見学させてもらっていた。

そのおかげなのか、中学生になって道場に入門するとすぐに上達した。その道場では色々な流派の技術を教えていて、そうした技術を学べば学ぶほどおもしろかった。

俺は特に無手《むて》の体術——素手での格闘が得意で、高三の時には組手で負けなしだった。

とはいえ、同じ年に両親を亡くしてから、その後死ぬまで一度も古武術に取りくむことはなかったけど……。

だからまさか転生して、また武術に携われるなんて思いもしなかった。

お父様の指導のもと、俺は黙々と素振りを続けたのだった。

こうして剣術の稽古を初めて一ヶ月が経った頃——木剣を構えたお父様から告げられる。

「アル、一ヶ月間よく頑張ったな。今日から打ち合いだ。まず、身体強化を使わずに打ちこんでこい」

ついに素振りの稽古が終わり、打ち合いの訓練に臨む時がやって来た。

俺は木剣を構えて、お父様の木剣と切先《きっさき》を合わせる。

それから一歩下がり、力強く踏みこむ。

剣を思いきり振り下ろして、お父様の剣に叩きつける……つもりだった。

気付くと俺は体のバランスを崩して転んでいた。

お父様が自分の剣の上で俺の剣を滑らせ、受け流してしまったのだ。

打ちこめというからもっとガンガン剣と剣をぶつけあうと思っていたのに、予想とは全然違った。

お父様の剣術、すごいな。お父様のように剣を扱えば刃こぼれしにくいし、疲れにくいと思う。

それにこうやって相手の力を利用して受け流す技術は、古武術に似ている。

そんなことを考えていると、急に古武術をやっていた頃の感覚がよみがえってきた。

俺は記憶の中にある構えや動きをイメージしながらお父様に打ちこんでみる。

剣は同じように受け流されてしまったが、今度は体のバランスを崩すことなく踏みとどまった。

あれ、なんだかいい感じだ。体がさっきよりスムーズに動くようになってきた。

お父様は驚いた顔をしている。

「まぐれにしては剣筋がしっかりしているな……もう一度やってみろ」

そう言われて、再びお父様に向きあう。

剣を構えて踏みこむと、さっきより鋭い一撃を目指す。

何回かよけられたが、数回目の打ちこみがお父様の剣と交わった。

また受け流されそうになるけど、今回は違う。

だんだん力の流れが分かるようになってきた……というか、思い出してきた。

剣を流された瞬間、俺はその勢いを利用して、体を一回転させながら打ちこむ。

木剣がぶつかりあう、カンという甲高い音が響いた。

お父様が剣を使って防御している。初めて攻撃が届いたのだ。

「アル、いったんやめだ！」

お父様が鋭く言った。

構えをといた俺を、お父様は怪訝そうに見つめてくる。

「お前、どうしてそんなに動けるんだ？　身体強化魔法は使っていないんだよな？」

実は俺も自分の動きにビックリしていた。

前世では十年もブランクがあったうえ、六才児に転生したっていうのに、こんなに反応できるとは思わなかった。

身体強化魔法は使っていないが、まるで何かの力が作用しているみたいだ。

戦っているうちに、どんどん思い通りに体が動くようになってきた。

はー、武術はやっぱり楽しい。テンション上がってきたぞ。

お父様が剣を構え直し、真剣な表情になる。

「よし、今度は俺からも打ちこむから気を抜くな。加減はするが、当たれば痛いぞ」

「分かりました。お父様」

そう言うと、俺も気合いを入れて剣を構えた。

俺の身長は百二十センチくらいだ。お父様とは六十センチほどの身長差がある。

お父様から剣を振り下ろされると、リーチが全く違う。

俺は剣が届かないように大きく後ろに跳んだ……つもりだったが、お父様は間合いを詰めてきた。

お父様の剣が俺の体をかすめる。

気付くと、反射的にお父様の膝を蹴っていた。

古武術の基本は相手の関節を狙い、バランスを崩させることだ。

お父様が膝を折り、身長差がなくなったところに剣を振り下ろす。

「アル、今日はここまでだ！」

お父様の声でハッと我に返り、俺はお父様に当たる寸前で剣を止めた。

□□□

俺はジェイ。たった今、末の息子に剣の腕を追い抜かれたところだ。

待ったをかけた時点で、戦場では死んだも同じだ。

まがりなりにも、俺は騎士だ。その俺が何年もかけて習得した剣術が、呆気なくアルに打ち破られてしまった。

アルには体格差のハンデがあり、身体強化魔法も使っていなかった。それなのに、負けた。信じられないことだが、事実なのだから仕方ない。

しかも、アルはまだ六才だ。父親を超えていくのが早すぎないか⁉

念のため、アルに身体強化魔法を使わせ、素振りをさせてみた。

アルは水を得た魚のようにイキイキしながら、見たこともない剣筋を次々と繰り出す。

それは素振りじゃなくて、剣の演武だろう……昨日まで素振りをやっていたのに、一体何が起きたんだ？

中には、難しい技術がいくつも見て取れた。

俺でも対処できるか分からない。しかも剣術に加えて、蹴りや突きなど、体術までも使いこなしている……隙がどこにもなく、勝てる気がしなかった。

もう十分だと思って素振りをやめさせようとすると、今度は無手の体術も見せるという。

無手……？　なんだそれは？

呆気に取られていると、嬉しそうに技を教えてくれた。

相手の力を利用して手首の関節を固めて投げ、倒れたところで膝を使って喉を潰す……？

「お前、一体どこでそんな物騒なことを覚えたんだ」

アルに尋ねると、一瞬目を泳がせたあと、ニコッと笑顔になる。

「お父様の教え方が素晴らしいので、自然とできるようになりました！」

そんなわけないだろ！

魔法もいつの間にかとんでもないレベルに達していたが、剣術……いや、武術全般に対しても天賦《てんぷ》の才があるようだ。おそらく、俺の教えられることはこれ以上ないだろう。

ソフィアと心配していたことが現実になってしまったようだ。

アルには平穏な生活を送ってほしいと願っていたが、難しいのかもしれない……

□□□

お父様と打ち合いの稽古した翌日——俺は後悔でいっぱいだった。

お父様からもう剣術の稽古はしないと言われてしまったのだ。

原因はもちろん、俺がやらかしたせいだろう。

久しぶりに古武術を実践できたのは嬉しかった。けど、いくらなんでもはしゃぎすぎだった気がする。

お父様の身になってみれば、この間まで棒きれを振りまわしていた無邪気な六才児に、突然奇妙な武術で打ち負かされたわけだ。怪しすぎるに決まってる。

特に無手の体術まで見てもらったのがトドメになったに違いない。あとから聞いたんだけど、この世界には素手での戦闘術は存在しないという。

剣術だけじゃなく、実践的な戦闘術まで使う六才……何もかも怪しい。というか怖い。

親孝行しようと決めていたのに、完全にやってしまった。

せっかくの交流の機会を消滅させてしまうなんて。お父様と素振りの特訓をするだけでも結構楽しかったのに……

俺は意気消沈してしばらくベッドに寝転がっていたが、いつまでもウジウジしているわけにもいかない。

そうだ。俺にはやることがある。水汲みのお手伝いをしたり、庭でベスが飲む水を出したり、花壇に水をまいたり……色々忙しいのだ。頑張らなきゃ。

そう思ってトボトボと一階への階段を下りていくと、待ち構えていたようにお母様に声をかけられた。そのまま食堂に連れていかれる。

そこにはお父様が待っていた。

お父様とお母様は二人で目配せし、頷きあった。

お二人とも、なぜずっと無言なのですか!?　もしかして、昨日のことで怒られるのだろうか。

俺がアタフタしていると、席を立ったお父様が箱を持ってきた。

箱の中にあったのは、両刃《もろは》の剣だった。今までの木剣とは違って、金属でできた真剣だ。

事態が呑みこめないまま箱の中の剣を見つめていたら、お父様から告げられる。

「アル、昨日の剣の腕は見事だった。俺はお前を一人前の大人と認め、この剣を託すことにする」

続けて、お母様も言う。

「アル、ママもパパから聞きました。剣も魔法も使いこなせるなら、アルはもう立派な大人ね」

二人とも、優しい顔を俺に向けてくれている。

今までは、お父様とお母様に怪しまれてばかりだったので、俺は六才らしくふるまえないことを気に病んでいた。でもお父様とお母様は、そんな俺のことを丸ごと受け入れてくれたのだ。

いい家族を持てたことに、改めて感謝だ。

俺が感慨にふけっていると、お父様は表情を引き締めて言う。

「アル、よく聞け。最近森の様子がおかしかっただろう。その原因をついに突き止めることができた」

お父様の話によると、森ではぐれ魔狼《まろう》が見つかったのだそうだ。

魔狼は普通の狼よりはるかに巨大で、獰猛《どうもう》で危険な生き物らしい。魔狼を恐れて、もともと森に住んでいた動物たちは姿を消してしまったのだという。

それを聞いて、俺はハッとした。

そういえば、うちの庭に狼が来たことがあったよな。

あの時は何がなんだか分からなかったけど、きっとあの狼も魔狼に森を追われたのだろう。

お父様は更に話を続けた。

今までお父様は村の人たちと一緒に森を調査し、魔狼を見つけ出して倒そうとしてきたという。

しかしそのたびに怪我人が増えただけで、退治するまでには至っていない。

つまり、危険な状態はまだ続くらしい。

その上、魔狼は群れで行動するのが基本だ。今見つかっているのは一匹だけだが、もしも群れで隠れていて、村を襲ってきたら大きな被害が出てしまう。

そう説明したあと、お父様は俺に剣を渡してくれた。

「もし魔狼が村にやって来たら、大変なことになる。俺がいない間に何かあったら、この剣を使ってアルが家族を守るように」

「ありがとうございます。正しい行いのためにだけ使います」

初めて持った真剣はずっしりと重い。責任重大だけど、嬉しかった。

家族のために頑張ることを、ここに誓います。

6　魔狼との戦い

転生して、早くも三ヶ月が過ぎた。

三ヶ月の間に、この世界の常識もだんだん身についてきた。

まず地理について。俺が住んでいるのは、ロプト村というところだった。メダリオン王国のマルベリー領に位置しているらしい。

この村は辺境といわれているだけあって、グラン帝国という隣国に接している。メダリオン王国とグラン帝国は、昔からあまり仲がよくないらしい。

続いてこの世界の暦《こよみ》について。一ヶ月は三十日で、一年は十二ヶ月。元の世界とそんなに変わらない。

気候については、七月の今でも日本ほどの暑さは感じない。四季という概念もあるけれど、俺が住んでいる地方は年間を通じて過ごしやすく、雪もあまり降らないみたいだ。

俺は身長が少し伸びて、百三十センチくらいになったと思う。

お父様とお母様から大人として認めてもらった俺は、もっと家族の役に立てる存在になれるよう、自分なりに努力していた。

お父様にもらった剣は、違和感なく扱えるようになった。

古武術が使えるようになったのに加え、この世界には身体強化魔法がある。古武術と魔法を組み合わせ、前世では実現不可能だった、新しい剣の型をあみ出すことができた。

ここまでくると、もともとの古武術とは別物になっている気がする……

魔法についても、かなりレベルアップできたと思う。俺の魔法はなんだかおかしいと散々言われてきたが、その原因も分かってきた。

魔法に関する別の本を読んでみたところ、俺の魔法は普通の魔法ではなく、混合魔法というもののようだ。驚いたことに、過去に混合魔法を使えたのは賢者様だけだという。サーシャに読んだ絵本にも賢者様のことが書かれてたけれど、伝説の存在であるらしい賢者様と同じことができていたとは……

混合魔法は複数の魔法をかけ合わせて発動できる。というわけで、俺は思いつくままに色々な魔法を生み出してみた。

ただし家でやるとバレてしまうので、村と森の間にある丘を練習場所に選んだ。

柔軟な思考があれば、魔法はいくらでも応用ができる。検証やデバックが必要なプログラミングと違い、自分のイメージが形になった結果をすぐ知れるのが魅力的だ。何よりもメリットが大きいのは、実験費用がタダなこと。開発環境としては素晴らしいと思う。

なので実際使えるかどうかはともかく、これからもどんどん色々な魔法を考えていきたい。

魔法といえば、ヒールも上達した。

今までは体力を回復させるくらいしかできなかったけど、怪我なんかも治せるようになった。

例えば切り傷だと、切れたところを圧迫して、細胞同士がくっつくイメージをするのだ。

これができるのも、かなりすごいことらしい。お母様にも難しいそうだ。


努力を続けてきた俺には、それなりに強くなったという手ごたえがあった。

こうなると、気になるのは森の様子だ。

お父様はあれからも村の人たちと森を探し続けているけど、魔狼はまだ見つけられていないらしい。


なんとかお父様に協力できないかな。

魔法や剣の腕なら十分役に立てるはずだと思って、お父様に直接相談してもみた。だけど、連れていくのは無理だときっぱり言われてしまった。

森の調査は村の人たちとやっているので、その人たちが俺の能力を見たら大騒ぎになってしまうから……ということだった。

もっともなお話です。これは普通にお願いしても、森に行くのは許してもらえなさそうだ。

ならお父様にもお母様にも気付かれないよう、ナイショで森に行くしかないか……そう決意した俺は、手始めに家の敷地内で装備をそろえることにした。

まずは森の中で目立たないよう、迷彩服が欲しい。だけどお店もないし、そんな服も売っていないはずだ。自分で作るしかないだろう。

というわけでお母様からお兄様のお古の洋服をもらい、集めてきた草や木の皮の汁を絞って染めてみた。服には茶色と深緑色のまだら模様ができた。本物の迷彩服と比較したら恥ずかしい仕上がりだけど、これで調査中は目立ちにくいはず。

次は武器だ。でもお父様の剣を家から持ち出したら、すぐにお母様にバレてしまう。

今度は場所を丘に移して、武器を作れないか試すことにした。

ちなみに俺は、魔法の練習で丘に来る時、いつもベスを連れてきている。外出する時に「ベスと一緒に丘で遊んでくる」と伝えれば、怪しまれたりしないからだ。実際に森の調査に行くときも、この台詞を言えばバレないと思う。

嘘ついてごめんなさい。でも早く魔狼を退治できた方がいいと思うので、許してください。

こうして丘で地道に練習を続けた結果、土魔法で前後が尖った棒手裏剣のようなものが作れるようになった。十本ほど用意したから、手に持って戦うだけじゃなく、投げてダメージを与えるのもありかも。

おおよその装備が整ったところで、早速ベスと一緒に森に向かう。ベスは可愛いくてフワフワだけど、運動能力の高いチート犬だ。一緒に森を探索する相棒として役に立ってくれると思う。

あまり森の奥には行かないようにして、少しずつ調査していこう。

こうして、調査を始めて一週間——今のところ、進展らしきものはない。

そもそもお父様やお母様に怪しまれないよう、一日の調査時間は長くて二時間くらいだ。仕方ないといえば仕方ないのかもしれない。

ただ、周囲に気付かれないように森を進むのは訓練にもなった。

身体強化魔法は視力や聴力にも使うことができる。

せっかくなので練習しながら進んでみたところ、かなり扱いに慣れた。一キロメートルくらいの範囲内であれば、問題なく見たり聞いたりすることができる。

もし魔狼との戦いになったら、きっと役に立つと思う。

それから迷彩服に飽き足らず、新しい装備・ギリースーツを作ってみた。

ギリースーツっていうのは、服に落ち葉や草、枝なんかを縫いつけて、迷彩服より更にカモフラージュ性能を高めたやつだ。

サバイバルゲームとかで、こういうのを使うって聞いたことがあるんだよな。

ただ、難点としてものすごく怪しい見た目になる。ミノムシのお化けのような感じだ。

この状態でお父様と鉢合わせしたら、多分俺が魔物だと思われてやられる気がする。

最初は出来ばえに大満足していたんだけど、途中でふと気付いた。

そもそも、横に白いベスがいるんだから、俺だけ目立たないようにしても全然意味がないよな。

調査を進めるつもりだったのに、装備作りに夢中になってものすごく脱線してしまった。

とにかく、魔狼は森の入り口付近ではなく、奥の方にいるらしい。

二時間しか取れないけど、今度から森の中にもっと踏み入ってみようと思う。


翌日――俺はベスと、村と森の間にあるいつもの丘の上に来ていた。

今日こそは森の奥に行ってみようと思っているので、武器を補充することにしたのだ。

そんなわけで、調査を始めた時に作ったのと同じ棒手裏剣を、土魔法でせっせと増産していく。

これを一本作るのに五分くらいかかるから、事前に用意しておく必要があるんだよな。

地道な作業が必要な武器だけど、これが結構役に立つ。投げる時に身体強化魔法を使い、投げたあとは風魔法で補助することで、射程も威力もかなり向上させられたのだ。

ちなみに最初のうちは、投げるとベスがキャッチしに行こうとするのを止めるのが大変だった。

俺は真面目にやっているのに、ベスは遊んでくれていると思うのか、追いかけてキャッチしてしまうのだ。飼い犬がチートだと飼い主は苦労する。

そんなことがありつつも、練習を重ねるうちに、百メートル程度の距離にある対象物なら命中させられるようになった。

あくまで感覚だけど、どうやらこの距離は俺の魔力が発動できる範囲に関係しているみたいだ。

百メートルを超えるとコントロールの精度が落ちてしまうが、その距離内だったら途中で軌道修正して、目標が動いても追尾することができる……我ながら便利！

この世界には自動追尾ミサイルなんてないから、敵からしたらかなりの脅威だと思う。

魔狼というからには、前に庭で見た狼よりもあらゆる運動能力が高く、動きだって素早いはずだ。

でもこの追尾システムを使えば、森の中という障害が多い環境でもきっと役立つと思う。

棒手裏剣が二十本ほどできたところで、いよいよ森の奥へ出発することにした。

そうして俺が荷物をまとめて、立ち上がった時だった。

突然、森の方から変な気配がしてきたのだ。不思議に思って、身体強化魔法で聴力を高めてみると、人の叫び声のようなものが聞こえてきた。

□□□

ジェイと村の男たちは、その日も森の奥を探索していた。

目的は、森に現れた魔狼を倒すことだ。

ジェイだけではなく、村の男たちも全員武器を手にしている。彼らは皆、疲労と恐怖により脅えた表情を浮かべていた。

始まりは、動物たちが森から姿を消したことだった。

そのため少なくなった獲物を探して村人は森の奥に踏みこむようになったのだが、ある時一人の村人が大怪我をして戻ってきた。

ただしその村人は逃げるのに必死で、一体何に襲われたのか見当がつかないという。

森はロプト村の人々にとってなくてはならないものだった。

そこで採れる動物や木の実を食料としたり、たきぎを拾って燃料にしたりするのだ。家具や家を作る時の木材もここから切り出されていた。

そんな森の異変に、ロプト村は大きな不安に包まれた。

やがてロプト村は対策を採ることにした。村の男たちの中から特に屈強な十人を選び、村を束《たば》ねる騎士であるジェイの指揮のもとで森を調べることにしたのだ。

すぐに調査は進んだ。手分けして森を探索しているうちに、何かに食い荒らされた動物の死骸《しがい》や、足跡などの痕跡が見つかり始める。

それらを見て村の男たちはますます不安になった。

例えば足跡は狼に似ていたが、とんでもない大きさだったのだ。

いくら狼が大きくなったとしても、熊《くま》よりも巨大な足跡を残すほど成長するなど絶対ありえない。

調査を初めて一ヶ月が経った頃――男たちの一人が、ついに足跡の主に出くわした。

その姿は森の木々の奥に小さく見えただけだったが、男は恐怖のあまり立ちすくみ、何もできなくなってしまった。

遠目に見ても、その生き物の大きさは理解できた。体高は二メートル、全長四メートルはある。

男は恐ろしさのあまり茂みに隠れ、息を殺してその場をやり過ごした。

村に戻った男がジェイに報告すると、ジェイは魔狼であると断定した。

すぐにロプト村の男たちは討伐のために動き出した。

早速魔狼を見つけることができたものの、とても手に負えるものではなかった。

罠を仕かけても、簡単に突破されてしまう。武器を手にして、ジェイを含めた十一人で狩ろうとしたこともあった。慎重に周囲を取り囲み、弓を射かけて弱らせて倒す作戦だったが、呆気なく失敗した。魔狼の毛皮は硬く、矢を通さなかったのだ。ジェイが切りつけた剣もはね返されしまった。


こうして逃げられて以来、男たちは何日も魔狼を探している。しかし仮に見つけられたとしても、倒せるとはとても思えなかった。

重苦しい雰囲気の中、馬で先行していたジェイが戻ってきた。

ついに魔狼が見つかったというのだ。

男たちは脅えつつも、ジェイに指揮されて、魔狼のもとへ駆けつける。以前と同じように遠巻きに魔狼の周りを囲んだ。恐ろしいが、村のためにはどうしても討伐しなければいけない。男たちは今日こそはと心に決めて、慎重に囲みを狭くしていく。

しかし、結果は最悪だった。

魔狼に逃げられてしまっただけではなく、魔狼は何を思ったのか、森の入り口目がけて駆け出したのだ。

その先にあるのは村だ。

このままでは、村に被害が出てしまう。

「おい、そっちに行ったぞ！」

「早くなんとかしろ！」

男たちは大きな怒鳴り声をあげる。

囲んでいた一人が槍を構えて魔狼の前に立ち塞がったが、一瞬で弾き飛ばされてしまった。

ジェイは慌てて馬で追いかける。しかし、魔狼のスピードに追いつくことができない。

□□□

森から悲鳴が聞こえ、そちらに目をやってすぐのことだった。

いきなり、森の中から巨大な生き物が駆け出してきた。

その生き物の姿を見て、俺——アルフレッドは唖然とする。

狼に似ているけれど、大きさがとんでもない。元の世界でいうなら、動物のサイくらいある。しかもそんな巨体のくせに、ものすごい速さで走ってくる。

確かめるまでもない、きっとあれが魔狼だ。

魔狼は俺の存在に気付いているようで、こちらへ突進してくる。

この丘の向こうは村だ。

まずい、何とかしないと……！

森からここまでは一キロほどあるが、魔狼は猛スピードで向かってくる。

ベスが大きな声で吠え、俺を守るようにして前に立ち塞がった。

その気持ちは嬉しいが、ベスは俺が守ってやらないと！

俺は慌てて、さっき作った棒手裏剣を握る。

「アル、逃げろ！」

遠くの方で俺に向かって叫ぶお父様の声がした。

見ると、お父様がシルバーに乗って森から出てくるところだった。お父様は魔狼を追いかけているらしい。

そうか……魔狼はお父様たちにやられそうになって、森から逃げてきたんだな。

だけどシルバーの足でも、魔狼には全然追いつく気配がない。

やっぱり、俺がここで止めるしかない……！

幸い、まだ魔狼とは距離がある。それに丘の上にいる俺からは、魔狼の様子がよく見える。これなら、きっと棒手裏剣を当てられるはずだ。

頭ではそう考えるけれど、魔狼がどんどん近付いてくるにつれ、その大きさに圧倒される。

射程範囲の百メートルになってからではとても間に合いそうにない。そう思った俺は、早めに棒手裏剣を投げた。

風魔法で狙いを定めた通り、棒手裏剣は魔狼の眉間《みけん》に当たった。しかし距離が遠すぎたためか、棒手裏剣は刺さらずに地面に落ちてしまう。

嘘だろ!? 命中したのに!?

「なんでここに子供がいるんだ!?」

「危ないぞ、逃げろ！」

森の入り口の方から、大人たちの声がした。

お父様を手伝っている村の人たちだろう。

みんな武器を持っているが、身体強化魔法をかけた視力で見ると、刃が欠けたり、槍が折れたりしていた。どうやら魔狼の毛皮はとんでもなく硬いらしい。

このままじゃダメだ。やられてしまう……！

こうなったら、魔法を使うしかない。人に見られてしまうけど、もう気にしてる場合じゃない。

俺は心を決めて、走ってくる魔狼に意識を集中させる。

もうあまり距離がない。魔狼が向かってくる直線上に、急いで水素と酸素を集める。短い時間の中で、できるだけ多く。

魔狼が猛スピードで向かってくる。唸り声をあげ、大きな口を開けている。今にも飛びかかってきそうだ。

俺は魔狼から目を逸らさず、酸素と水素に点火した。

直後、大きな爆発が起きた。辺りに轟音《ごうおん》が響きわたる。

あまりにすさまじい音だったので、しばらく耳がキーンとなる。

耳鳴りと爆発で巻き上げられた土煙が収まるのを待つ。しばらく経って視線を前方に向けると、魔狼は五メートルほど吹き飛んで倒れていた。

起き上がる様子はない。爆発の直撃で失神したみたいだ。その隙に、魔狼の硬い毛皮に覆われていない喉の部分に棒手裏剣を投げる。今度は突き刺さった。なんとか、やっつけられたみたいだ。

俺は集中が切れてしまい、思わずその場に座りこんだ。

ベスが顔をペロペロ舐めてくる。よしよし、お前が無事でよかった。

俺がベスを撫でていると、シルバーに乗ったお父様が慌ててやって来た。

「アル、大丈夫だったか!?」

「お父様、ごめんなさい。僕は大丈夫ですが、魔法を使ってしまいました」

俺がそう言って謝ると、お父様は複雑そうな表情を浮かべた。やはりまずかったみたいだ。

そのあとすぐ、村の人たちもこちらに駆け寄ってきた。けれど、誰も何も言わない。俺に奇異の視線を向けている。

そりゃそうだろう。水を出しただけでも驚かれたのに、今度は爆発だもんな……

お母様からあんなに止められていたのに、ついにやってしまった……

「ジェイ様、コバックが大変です！」

落ちこんでいると、せっぱつまった声が響いた。

声がした方を見ると、村人の一人がうろたえた様子で森の方を指している。村人は更に続ける。

「コバックが魔狼にやられて、ひどい傷です。今も血が止まらず……ソフィア様を呼んでいただけませんか!?」

「分かった。すぐに連れてくる」

お父様はそう言うと、急いでシルバーを走らせようとする。

俺はとっさにお父様に声をかけた。

「お父様、治療が間に合わなかったら大変です。お母様が来るまで、僕がヒールで止血しておきます！」

お父様は振り向きながら驚いたような顔をした。

そして同時に、やっぱりなという表情を浮かべた。まるで俺がそう言うのを予想していたかのように。

「分かった……アル、頼んだぞ」

お父様はそう言い残すと、家の方に向かってシルバーを走らせた。

その後すぐに、森で倒れているというコバックさんのもとに案内してもらった。

コバックさんは右腕と右足に魔狼にやられたであろう大きな傷があり、そこからたくさん血が出ていた。

周りの人が手当てしているけれど、急がないと大変なことになりそうだ。

俺はまず水魔法で水を作り、殺菌するようなイメージで傷口を洗い流した。

それから、傷口が開いたままだと塞がりにくいので、布を紐状にしてもらって患部を圧迫した。

あとは血管や細胞同士が結びつくイメージをしながら、ヒールを発動させる。

あっ、やばい！　詠唱していないことがバレてしまう。

俺は慌ててそれっぽいことを唱える。

「ごにょごにょ……ヒール」

右足にヒールをかけてしばらくすると、出血は止まった。

よかった。ここまでの大怪我は治したことがなかったけど、うまくいったみたいだ。

同じようにして、右手も治していく。

これで治療は終わったのだが、コバックさんの顔色は出血のせいでかなり青白い。本当は輸血とかしないといけないところなんだろう。俺のヒールでそこまでできればいいんだけど、今のところ無理だ。

あとはお母様がなんとかしてくださるのを祈るばかりだ。血管や神経がうまくつながっているといいんだけど。

そう考えていると、小さな声がした。

「助かった……のか？」

そう言ったのはコバックさんだった。

朦朧としてはいるが、意識を取り戻したみたいだ。

コバックさんが命を取りとめたのが分かり、村の人たちが大喜びする。

しかしそれと同時に、俺の方に何か怖いものでも見ているような視線を送ってくる。

ああ、こういう感じになるのを心配して、お母様は魔法の使用をあんなに止めていたんだろうな……

俺が肩を落としていると、村人の一人が声をかけてくる。

「コバックを助けてくれてありがとうございます。出血がひどかったので、こうして手当していただけなければ、ソフィア様が来られる前に死んでいたかもしれません」

彼は深々と頭を下げた。

ビックリしていると、それ以外の村の人たちも同じにように俺に頭を下げてくる。

村人たちは驚いてはいるようだけど、いちおう感謝してくれているようだった。

たくさんの大人にお礼を言われるなんて初めての経験だったので、俺はなんだか緊張してしまい、変なことを口走った。

「まだ安心できません。出血がひどかったので、これから痛みや熱が出ると思います。あと、何か血を増やす方法があるといいんですけど……あっ、そうだ！　鶏の肝臓《かんぞう》とかを食べると血が増えると思います。よく火を通さないと危ないですけど」

村の人たちが、キョトンとした顔で固まってしまった。

もしかして異世界でも鶏レバを苦手としている人は多いのか……？

そう考えて慌てていると、お父様がお母様を連れてやって来た。

お母様はすぐにコバックさんの側にひざまずき、怪我の様子を観察する。

「傷は綺麗に塞がっていますね。ですが、念のため、ヒールをかけておきましょう。彼の者の傷を癒し給え……ヒール」

お母様の手から温かな光が生まれ、コバックさんの体に吸いこまれていった。

だいぶ表情が和らいだように見える。命を落とすという最悪の事態はなんとか回避できたみたいだ。

そのあと、村の人たちから改めてお礼を言われた。

ちなみに倒した魔狼の肉や素材については、調査に参加してくれた村の人たちを労《ねぎら》うお礼として配られることになった。

こうしてお父様、お母様、シルバー、それにベスと一緒に、俺は家に戻ったのだった。

□□□

その夜の夕食の時のこと——俺は途方に暮れていた。

ご飯の用意は整っているのに、お父様もお母様も手をつけない。

それどころか二人とも黙ったままで、時間が過ぎていく。サーシャもお母様の膝に乗せられているが、何も言わない。

いや、サーシャは単に大人しくていい子だから静かなだけか……

うう……沈黙が長い。

この雰囲気からして、きっと家族会議が始まるに違いない……

人前で魔法を使わないと約束したのに、よりによって村の人たちの前で派手に魔法を使ってしまったのだ。絶対に怒られるに決まっている。

けれど、お父様が口にしたのは意外な言葉だった。

「何から話そうか迷ったが……まずはありがとう、アル。お前のおかげで助かった」

てっきり怒られると思っていたので、驚いてしまった。

お父様は、俺に笑みを向けている。

「お前に剣を渡して家族を守るように言ったが……お前は家族だけでなく、村全体を魔狼から守ってみせた。今回の魔狼は俺たち大人の手にも余るものだった。お前の魔法にはいつも驚かされてばかりだ。本当にありがとう」

「いえ、お父様。お父様をお手伝いできて嬉しいです」

俺が元気よく言うと、お父様はニコッと微笑んでくれた。

しかし、すぐに心配そうな表情を浮かべてため息を吐く。

「アル、お前は本当に立派だったと思う。だが、村人たちの前で派手に魔法を使ってしまったから、今度はもう隠すことはできないだろう。これからお前は注目の的《まと》になるだろうし、噂《うわさ》も広がるだろう……そうなったら今までのような平穏な暮らしはもうできないかもしれないな」

俺は神妙な面持ちでお父様の言葉に耳を傾けていた。

食卓がシンと静まり返ったところで、お母様がその気まずい空気を変えるように明るい声で尋ねてくる。

「アル、パパから聞きました。あなた、爆発する魔法を使えるのね。魔狼を倒してしまうなんて、一体どんな魔法なの？」

「はい、お母様……」

どう答えたらいいか分からず、口ごもる。

水素と酸素をイメージして……なんて説明しても伝わるわけないよな。

俺はなんとか言葉を選んでみる。

「えっと……燃える空気と、それをもっと燃えやすくする空気に火を点けたら爆発しました。僕のとっておきの魔法です」

まずい、お母様がポカンとしておられる。

お母様だけじゃない、お父様まで怪訝な顔をしている。

俺は慌てて続けた。

「しかも、かなり遠くからでも使えるんです。僕は頑張って練習しましたから」

お母様は更に目を丸くしている。やばい、墓穴《ぼけつ》を掘ったらしい。

お母様は、かなり驚いた様子で言う。

「すごいわね。普通は手から少し離れたところが限界のはずなのに。本当にアルには驚かされてばかりだわ」

それから、思いきったように聞いてきた。

「アル、前から一度聞いてみようと思っていたんだけれど……あなたは今、どんな魔法が使えるの？」

……ど、どうしよう。でも爆発させたって言ったあとで、今更誤魔化すのも微妙だよな。

俺は、自分が使える魔法を全て正直に答えることにした。

「はい、お母様……初級魔法の本に載っていた火魔法、水魔法、風魔法、土魔法は全部使えるようになりました。それを組み合わせた混合魔法も使えます。あとはお父様とお母様から勉強して、身体強化魔法とヒールも覚えました」

お父様とお母様は唖然としていた。

やっぱり、俺のことでビックリされるのは避けられないみたいだ。

そりゃそうだよな。混合魔法を使えるのは賢者だけだったって、本に書いてあったもんな。自分ではごく普通にしてるつもりなんだけど。

お父様はお母様としばらく顔を見合わせていたが、シーンとなってしまったのを誤魔化すように大きく咳払いした。

「ゴホンッ……とにかく、アルはよくやった。これからも力を借りることがあると思うから、そのつもりでいてくれ」

すると、今まで黙っていたサーシャが急に口を開いた。

「アルお兄ちゃん、爆発させられるの？　サーシャも見たい」

お父様が慌てて言う。

「サーシャ、ダメだぞ。怪我をしたらどうする」

サーシャは不満そうにプーッと頬を膨らませる。

サーシャの素直な反応を見て、俺は思わず噴き出してしまった。

「サーシャ、今度危なくない魔法を見せてあげるね」

そう言うと、サーシャがニコッと笑顔を見せてくれた。はあ、やっぱりサーシャは可愛い。サーシャがいるだけで部屋が明るくなる気がするよ。

こうしてサーシャに救われる形で、俺のチートの話題はなんとか終わりになったのだった。

7 干ばつと、水まき祭り

魔狼が退治されてから一週間が過ぎた。

森には動物が戻り、村人たちは以前のように狩りができるようになった。

魔狼を討伐したことで、アルフレッドの存在は村中に知れわたった。アルフレッドを見かけると、村人の誰もが丁寧に挨拶する。アルフレッドが村を守ってくれたことに、誰もが深く感謝しているのだ。中でも魔狼を狩るためにジェイと行動していた、十人の村の男たちの感謝はひとしおだった。

なお、魔狼の事件のせいで、村人たちは森での仕事が思うようにできず、大きく収入を減らしていた。それを気遣って、ジェイは気前よく魔狼を与えてくれた。

捕獲するのが難しいので、魔狼から採れた素材は高級品として扱われる。特に魔狼の皮は、鎧の材料に適しているので高値で取引される。しかもこれほど大きく、傷が少ないものはめったにない。かなりの値になるのが期待できた。

魔狼を解体した翌日、村の男たち十人組は、連れだって町に出かけた。魔狼の皮や牙や爪を売るためだ。

辺境のロプト村には、店というものは存在しない。村人たち同士は、物々交換をして暮らしているのだ。

通常村の外で買い物をする時は、代表者が町まで行き、村中から預かった毛皮や作物を売ってお金に換える。そうやって貨幣《かへい》を得てから、今度は村から頼まれている塩や酒など必要なものを購入するのだ。

なお、町までの道のりは遠く、危険も多いため、買い出しは男の仕事とされることが多い。

ちなみに町に行けない女性や子供は、行商を利用することもある。行商は月に二回ほど村を訪れるが、町で買い物をするよりやや割高で、扱っている品物も限られる。

男たち十人組は町に着くと、早速武器屋に向かった。魔狼を狩ったと伝えると驚かれたが、高い金額で買い取ってもらうことができた。

この世界ではクロンという貨幣が流通している。全てが硬貨であり、一クロン鉄貨、百クロン銅貨、一万クロン銀貨、百万クロン金貨がある。一億クロン白金貨もあるが、庶民が目にすることはほとんどない。

魔狼は皮が七十万クロン、牙と爪が三十万クロンで、合計百万クロンになった。

武器屋からは王都まで行けば最低でも倍になると言われたが、王都までは馬車で六日もかかる。その上、途中で盗賊や魔物に襲われる危険もあるので諦めた。

十人組は魔狼を売って手にした百万クロンを、できるだけ村全体の利益になるよう使うことにした。

まず魔狼の討伐に参加した報酬として、一人あたり五万クロンずつ分けた。ひどい怪我をした五人に対しては、見舞い金として一万クロンを追加した。

それからジェイ、アルフレッド、ソフィアにそれぞれ五万クロンをお礼として渡すことに決めた。

これで七十万クロンだ。

残りの三十万クロンで、酒や塩、布や糸や針、農具やナイフを購入する。

ここ最近は魔狼のせいで町で売るものがなく、貨幣を得られなかった。これらの品物は村で不足してしまい、欲しがられていたものばかりだ。

ほかにも買い物を頼まれていた品を、それぞれ購入してまわる。

村の男たちは馬車いっぱいに品物を載せ、神とジェイたち一家に感謝しながら村へ戻った。

村の人たちには、持ち帰った品を分け与えた。

この時に魔狼が百万クロンで売れたことと、そのうち十五万クロンをジェイたちへ渡すことを伝えると、村人全員が喜んで賛同してくれた。

村の代表として、魔狼討伐に参加した十人組がジェイの家を訪ねた。

ジェイは最初村のみんなで分ければいいと言って受け取らなかったが、村の総意だと説明してなんとか渡すことができた。

五万クロンのほかに、ソフィアには塩、ジェイには酒、アルフレッドとサーシャにはお菓子をお土産《みやげ》にした。お土産の品は、どれもとても喜んでもらえた。

お礼らしいお礼も伝えられていなかった村の男たちは、心のつかえが取れた気持ちだった。

今日は美味しい酒が飲めると言いながら、それぞれが満足げに家路《いえじ》についた。

今日の料理はいつもより奮発したもののはずだ。町から帰った日はそうするのが、この村の習慣になっているのだ。

□□□

魔狼の事件を解決したお礼として、あの時の村人たち十人が家まで来てくれた。

お礼に五万クロンももらってしまい、俺――アルフレッドは大喜びした。

嬉しいのは金額よりも、転生してから初めてお金というものを手に入れたことだ。

ロプト村は辺境なだけあって、なんと物々交換で生活が成り立っている。だから俺のお小遣いはずっとゼロだった。もらっても使い道がないもんな。

今回もらえたこの五万クロンは魔狼を倒した報酬だとして、好きに使っていいとお父様が言ってくれた。

ただし、さっきも言った通り、問題は町に行く機会でもない限り、使う機会がないということだ。行商が来たら連れていってもらうという手もあるけど、とりあえず今は、お母様に預かってもらっておいた。

そういえばお母様は、五万クロンをもらって「家計が助かるわ」と喜んでいた。お兄様二人が学校に通っているため、我が家はなかなかやりくりが大変みたいだ。

そんなこと知りませんでした、お母様……

いや、六才としては知らなくて当たり前なのかもしれないけど、俺の今世の目標は親孝行だ。ぜひお金を稼げるようになって、お母様に楽をさせてあげたいと思う。

それから、村人たちから魔狼の魔石《ませき》を渡された。魔石とは、魔物を倒すと手に入るものだ。町の武器屋では引き取ってもらえず、王都の専門店で売るように言われたらしいが、持て余したようで俺にまわってきたというわけである。

王都……王都か……行く機会なんてあるのかな。

魔狼の魔石については、使い道がよく分からないのでしまっておくことにした。

ところで、俺が魔狼退治で魔法を使ってしまった件についてなんだけど、心配したお父様が村人を集めてお願いをしたそうだ。

俺はまだ幼いので、平穏に暮らせるよう魔法のことを口外しないでほしい……そうお父様が頼んだところ、村人たちは快諾《かいだく》してくれたという。魔狼退治の恩人である俺に迷惑がかかるといけないから、魔法やヒールについては村内で話すだけに留めて、それ以上広めたりしないように約束してくれたらしい。

お父様はホッとしていたけど、その話を聞いた俺は、安心する以上に感動した。

六才が魔法を使うというだけで大騒ぎになってもおかしくないのに、受け入れてくれるなんてありがたいことだ。

以来、俺は積極的に村の人たちと接するようになり、村の人たちと心の距離が近くなった気がする。

それに村の人たちの優しさに触れたことで、もっと村の役に立ちたいという思いが強まった。

だから最近は村の中を歩いて、何か困ったことがないか様子を見るようにしている。

ロプト村は今日もいい天気だ。ちなみに、昨日もいい天気、その前もいい天気だった。

そう……ずっといい天気すぎるのだ。

実はここ一ヶ月以上、村には雨が降っていない。

そのせいで、農作物がすっかり元気をなくしている。

村の人たちは一キロほど先の川から汲んできた水を畑にまいているみたいだけど、とんでもない重労働だと思う。しかも全員で水を汲みにいっても全然足りず、まいた先から土が乾いてしまうらしい。このままだと、作物が枯れて収穫できなくなってしまう。

なんとかしてあげられないだろうかと、自分なりに色々と考えてみる。

うちの庭には井戸がある。ああいうのを、農作業用に作ってみたらどうだろう……いや、ダメだ。掘ればどこでも水が出るわけじゃないし、掘るのに手間がかかる。それにこの村はほとんどが畑だ。畑の数に見合うだけの井戸を掘ろうと思ったら、とてもじゃないけど間に合わない。

じゃあ、用水路を作ってみるとか？　土魔法で用水路を作って川から水を引いてくる……いや、これもダメだ。

一番近い川でも一キロ近く離れている。用水路を作るにしても、水を流すには傾斜が必要だ。それを踏まえて本気で作ろうとしたら、井戸よりも更にものすごい手間がかかってしまうと思う。

身体強化魔法で水汲みを手伝う……これが一番ダメだろ！　全然根本的な解決になってない。

そういえば、魔法について色々経験していくうちに分かったことがある。

魔法と自然環境はそれなりに関係性があるみたいで、魔法の属性ごとに発動に適した場所や条件があるんだ。

例えば火魔法は、湿った場所では本来の威力を発揮しない。こんな風にその場所や状況に合った魔法を選択できるかどうかが、魔法の威力を高めるのにかなり重要な要素になる。

俺が今までやっていた空気中から水分を取り出す方法は、環境を考えに入れてなかったので、本当はめちゃくちゃ非効率的なのだ。

だから村中の農耕用水を日照りの間中、水魔法で水をずっと供給し続けるっていうのはちょっと……いや、かなり厳しいものがある。

俺は一生懸命思考を巡らせる。考えろ、今回は川に行きさえすれば水があるんだ。

というわけで、実際に川に来てみた。

川の水を魔法で、なんとか村に持っていけないものだろうか。

うーん……悩んでいてもしょうがない！　とりあえず地道に実験を繰り返してみよう。

俺の魔法の発動範囲は大体百メートルだ。まずはその範囲をギリギリいっぱい使って、川の水をミストのように霧状にしてみるか。

魔法を発動すると、小さな水の玉が集まった。俺を中心として、霧のドームのような形になっている。

空気中から水分を取り出すのと違って、いつもより少ない魔力でできている……いい感じだぞ！

よし、あとはこれを村まで運んでいこう。

俺が歩くと、水のドームも一緒に移動する……ちなみに、中にいる俺はビショビショになる。しかも視界が悪くて、スピードが全然出せない。

身体強化魔法でも使って、もっとパッと運べればよかったんだけど……

頭の中で愚痴りつつも、足元を見ながら道なりに進み、なんとか畑にたどり着いた。早速魔法を解除してみる。

俺の周りの水玉が、畑に降り注いだ。

あれ……？　なんか、思ったより微妙だ。

それなりには湿ったけど、小雨《こさめ》みたいな効果しかない。みるみるうちに土が乾いてしまった。

うう……ダメか。いや、でも落ちこんでいるヒマはない。よし次だ、次！

そう思って振り向くと、そこにはビショビショになった白い毛の塊が立っていた。

俺は思わずビクッと肩を竦《すく》めたが、よく見ると……ベス!?　一体いつからついてきてたんだ!?

濡れたベスはいつもよりひとまわりサイズが小さくなっていた。お前、本当はこんな大きさだったんだな。

俺は火魔法と風魔法で温風を作り、ビショビショになった俺の服とベスの毛を乾かした。

よし、こんなものでいいだろう。ベスの毛が乾いてフワフワになり、元の大きさに戻る。

俺の役に立ちたいと思ってくれているらしいベスの気持ちは嬉しいけど、またビショビショになると困るからうちへ帰ってもらった。

そこから更に色々実験してみた。

シンプルに、もっと大きな水の塊を作ってみる方法……これは制御を失いやすく、途中で落下してしまった。空中に浮かべるのではなく、土魔法を併用して地面を流してみる方法……割とすぐに、全て土に吸収されてしまった。

失敗続きだ。新しい方法が思いつかなくなったので、改めて川の様子を眺めてみた。

川の深さは一メートル、幅は三メートルくらいだろうか。

身体強化魔法を使ってみると、余裕で跳び越えられた。

対岸の川岸に座って、改めて川を観察する。

はー、なんかいいやり方はないものか……考えろ俺、考えるんだ。

火魔法は論外として、水魔法で直接運ぶのは失敗した。土魔法もダメ。うーん……あとは風魔法くらいしか残っていない。

そこでふと、初級魔法の本にあったウォーターショットという水魔法を思い出した。簡単にいうと、水の玉を飛ばす魔法だ。

棒手裏剣を飛ばす時みたいに、ウォーターショットに風魔法を合わせるのはどうだろう。普通にウォーターショットを発動するより、遠くまで水を運べるんじゃないかな。

よし、ものは試しだ。

俺は川の水を使って、ウォーターショットのイメージをする。飛ばすのは、村がある方角の上空だ。できるだけたくさんの水を集めるイメージをして……

発射！

すると、水が今までに経験したことのない激しい勢いで、手から飛び出した。かなり大きい水の塊になっている。この量ならいけるんじゃないか!?

そう思いながら、風魔法を使って更に遠く……村に届くようにイメージして操作する。

俺は川の対岸へジャンプし、発射した水の塊を追いかける。

途中で空気に水分を奪われて段々量が減っていくが、元が多いので大丈夫そうだ。

水の塊は綺麗な放物線を描きながら飛んでいき、そこからこぼれる水で、空には虹《にじ》がかかっていた。

水の塊の着地点は畑ではなく、道だった。しかしその場所は、大雨が降ったあとのようにしっかりと湿っている。これならいけそうだ。

やったー!!　苦労したかいがあった！

思わずその場で跳びはねていると、農作業をしている人々と目が合った。

ほかにも、たくさんの村人たちが俺の方をじっと見ている。みんなポカンとした顔だ。

ご、ごめんなさい……驚きましたよね。

俺はそそくさとその場を立ち去った。

ウォーターショットの着地点に人がいないか、前もって確認しておくべきだったな。今回は俺が追いかけたので気付けたけど、本格的にこの方法を使うなら注意しないと……

とにかく、このやり方ならうまく水をまける気がする。

実験はこのくらいにして、明日から実際に畑に水をまいてみることに決めた。

いったん家に帰り、更に色々考えてみる。

水の塊がそのまま農作物に当たったら傷《いた》んでしまいそうだから、畑の上空で霧状にして散らばらせた方がいいかな。これは、発射する時に目標よりちょっと遠くを狙って、目標地点を通過したらバラバラになるようイメージすればできそうだ。

経験から分かっているけど、俺は魔法を使い続けても、三時間くらいだったら魔力切れは起きない。さすがに消防車の放水みたいにするのは無理だろうけど、さっきくらいの水の塊だったら、五秒間隔くらいで撃ち出すことができるはず。水鉄砲ならぬ水大砲って感じかな。

実験では村の人を驚かせてしまった。あと、もし水の塊が人に当たったら危ない。ということで、お父様に頼んで村人にはいったん避難してもらおう。

その後、俺はお父様に村に水をまく計画を話し、村人に周知してもらうようお願いしたのだった。


そして計画の当日の朝——なんだか外が騒がしい。

そう思って二階の窓から外を見ると、家の周りにすごい数の人が集まっていた。ロプト村の住人の多くが来ているのではないだろうか。

何か問題が起きて、村人が詰めかけているのか⁉

慌てて一階に下り、とりあえず外に出て、近くにいた人にどうしたのか尋ねてみた。

すると、全く想定外の言葉が返ってくる。

「アル様が空から水を降らせてくれるんでしょう？」

「虹がかかってとっても綺麗だっていうから、みんなで見に来たんだ」

俺はガクッと脱力した。なんと、村人たちは俺の魔法を見物するために集まったらしい。

水が当たると危ないから、当日は家から出ないようにって周知してもらったはずなんですが……!?

一体どういうことなんだろう。お父様に話を聞こうと思ってウロウロしていると、屋敷の外に一段高い台が作られているのが目に入った。

そのすぐ側にお父様が立っていて、俺を見つけるなり嬉しそうに手を振ってくる。

なんか、嫌な予感がするんですけど……その台、学校の朝礼台を思い出させる。

おそるおそる近付いたところ、俺はお父様に抱き上げられて、台の上に立たされてしまった。

なんなんだ!?　と思っていると、お父様がニコニコしながら言う。

「アル、せっかくだからみんなに挨拶しろ」

恥ずかしいからやめてもらえませんか!?　そもそも、事前に相談してくれないと挨拶なんて思い浮かばないのですが！

でも村人たちの注目が集まっちゃってるので、下りるのもなんだし。仕方なく、やけくそで挨拶する。

「村のみなさん、こんにちは！」

すると、顔なじみのおばあちゃんが「アル君、頑張ってね！」と声をあげた。

俺は顔が熱くなるのを感じた。きっと真っ赤になっているに違いない。

「今まで日照りで水を運ばなきゃいけなくて、大変だったと思います。でも僕が畑に水をまくので、安心してください」

そう言うと、村人たちからワッと大きな歓声があがる。

そのあとの「危険だといけないので、家の中に……」という俺の注意喚起は、拍手にかき消されてしまった……

俺はため息を吐きながら、改めて集まった人たちを見まわす。

ロプトの村の人口は、全部で五百人だ。そのうちの半分くらいは集まってるんじゃないか？　と思えるくらいの人数だった。全員がワイワイと楽しそうに騒いでいる。

まるでお祭りみたいだ。そういえば、こんな景色は久しぶりに見た気がする。日照りが始まってから村人たちはみんな不安そうで、元気なかったもんな。

みんなが元気になってくれるなら、まあいいか……

というわけで、俺は水まきを決行することにした。

村人の安全のために、俺自身が気を付けるのはもちろんのこと、せめて畑の周りに近付かないよう、お父様に注意してもらうことにした。

こうして、いよいよ水まき祭りが始まった。

いや、水まき祭りというネーミングはおかしいけど……もう、そうとしか言いようのない雰囲気になっているので仕方ない。

俺が川まで移動すると、村人たちがゾロゾロとついてきてしまった。

身体強化魔法で川の対岸へジャンプしたら、それだけで「おお～！」とか「アル様すごい！」という歓声があがる。

やめてください、恥ずかしいです。

村人たちには安全な位置に移動してもらい、俺は魔法の準備を整える。

みんな固唾《かたず》を呑んで俺のことを見つめ、今か今かと期待しているのが伝わってくる。

「では、これから水をまきます！」

俺は場の雰囲気に押され、なぜか開始宣言をしていた。

そして、ウォーターショットを五秒くらいの間隔で連射する。

空に向けて発射された水の塊は、一キロメートルほど先の畑の上で小さな水の玉になって弾けた。

その軌道の下には見事に虹がかかっている。

村人たちは一斉に拍手をし、歓声をあげ、水まきは大盛り上がりだ。

この感じ、お祭りのメインである花火が打ち上げられた時みたい。

こんなに盛り上がるんだったら、最初から開き直ってりんご飴《あめ》とか綿菓子とか用意すべきだったかな。

ウォーターショットを三十分くらい続けたところで、いったん休憩する。休憩のあとは別の場所に向けて水をまく予定だと伝えておいた。

すると、村人たちが駆け足で移動していく。

えっ、何？　どういうこと？

俺はまた村人を捕まえると、理由を聞いてみた。

「今度は水の玉が弾けるところを近くで見るんだよ」

「作物が助かる上にこんなに楽しいなんて、さすがはアル様だ」

ちょっ……見物する気満々じゃん！　畑に近付くと危ないって周知したんじゃなかったっけ!?

俺は慌てて、村人たちを止めてもらうようにお父様に頼みに行く。

けれど、お父様はあっけらかんとした様子だった。

「村のみんなは日照りで参っているだろう？　いい娯楽になると思ってな」

なんと、村人たちに許可を出したのはお父様だった……俺は思わずガックリと肩を落とす。

なんでも魔狼退治の時の十人組の人たちから、村人を代表する形で「近くで見学したい」と申し出があったらしい。その代わり見物人たちが安全な場所から離れないように、十人組はしっかり見張ってくれているという。

なら、いいか……もうどうにでもなれという気分で、俺は所定の位置に戻る。そして次の範囲に向けてウォーターショットを放ち始めた。

遠く離れた水の着地点の辺りから、歓声が聞こえてくる。

本当にみんな楽しそうだ。


そして次の日——今日もウォーターショットで水まきするために家を出た。

俺の体調次第ではあるけれど、しばらくは毎日四ヶ所ずつ水をまいていこうと思ってる。

村人たちはどうする気なんだろう……

いやいや、昨日十分盛り上がったじゃん。さすがに今日も見に来る人はいないだろう……と思っていたら、そんなことはなかった。

水まきの予定地には、食べ物や飲み物を持参した村人たちがたくさんいた。広げた布の上に家族ごとに座っている人たちもいる。なんだかますます花火大会っぽいな。

みんな、毎日二時間も同じものを見て飽きてないのかな……？


——そうこうしているうちに、とうとう水まきも五日目になった。

今日も相変わらず、すごい人数が見に来ている。

「アル様、ありがとう〜！」

「今日も頑張って！」

人だかりから声援が聞こえてきた。

村人たちは、水の花火や虹を楽しんでいるだけじゃないらしい。

俺が村のために頑張っているので、応援するために来ているという理由もあるようだ。

異世界に来て素晴しい家族に恵まれていたと思っていたけれど、村人にもめちゃくちゃ恵まれているな。


こうして一生懸命水をまき続けた結果——なんとかウォーターショットの届く圏内には、水を行きわたらせることができた。

次は届かない場所にある畑をどうするか考えないとな……と思っていたんだけど、これに対する解決策は割とすぐ思いついた。

村には農業用水に使う溜め池がいくつもある。普段は雨水が溜まっているんだけど、日照りですっかり干上がってしまっている。

水が届かない畑には、この枯れた溜め池を利用することにしたのだ。

まず枯れた溜め池を狙ってウォーターショットで水を溜める。次は溜めた水を利用して、もう一度ウォータショットを放つ。これを繰り返していくことで、離れたところの溜め池に水を満たせるし、村全体にウォーターショットを発射できるはずだ。

ただ、今のところ溜め池はあまりにもカラカラに干上がっている。これだとウォーターショットを撃ってもかなりの水が地面に吸われてなくなってしまうだろう。

効率が悪そうなので、まずは溜め池を改造することにした。

土魔法のグランドアップとグランドダウンを使って、溜め池の底を深くする。更に周りの土を固めて、水が染みこまないよう補強した。

干上がって底が見えてるおかげで、作業はやりやすかった。それに土魔法も扱いに慣れてきたのでかなり手早く工事できたと思う。といっても、それでも丸三日かかっちゃったんだけど……

ちなみに村人たちは、この作業まで応援に来てくれた。土魔法を見て喜んでくれていたけど……いいのかな？　こんなに地味なのに。

溜め池が完成したところで、池から池へウォーターショットを繰り返した。そして溜めた水を利用することで、村中の畑に水をまき終えられた。

ここまで二週間くらいかかったかな。俺が一息ついていたタイミングで、なんとほぼ二ヶ月ぶりに恵みの雨が降ってきた。残念なことに一日でやんでしまったけど、それでも助かる。溜め池を改良したおかげで、貯水量は一・二倍になったと思う。

これでしばらく、作物の被害は防げそうだ。

8　用水路と、猪《いのしし》対策

水まき祭りをやったおかげで、村の作物は全滅の危機を免《まぬが》れた。だけど相変わらず雨が降らず、水不足が続いている。

もう一度水まきをやるべきか、一度諦めた用水路を作るべきか……悩んだあげく、用水路の工事に取り組んでみることにした。

最初の時は今にも作物がダメになりそうで時間の猶予《ゆうよ》がなかった。でも改良した溜め池に水の貯えがある今ならいける気がする。

ということで将来の水不足も見越して、用水路を作って村のインフラを整える決意をした。

用水路を作るにあたっては、まず村の人に許可を取るところから始めた。

要は川から水を引っ張ってくる水路を作る工事なんだけど、水が流れるには傾斜が必要だし、途中に岩みたいな障害物があったら迂回《うかい》する必要がある。そうなると、どうしても農地を通ってしまう可能性がある。特にこの村はほぼ全部が畑だから、その確率はかなり高いだろう。

というわけで、まずは十人組の人たちに集まってもらった。彼らは魔狼の件以来、すっかり村の意見の取りまとめ役のようなことを任されている。

メンバーの中でも、ローグさんという人は元から村の代表というか、村人たちの取りまとめ役のようなことをしていたそうだ。なので、自然な流れなのかもしれない。

用水路の計画を伝えると、ビックリされてしまった。

「そんなことが本当にできるのですか？」

みんな信じられない様子だったものの、できるものならぜひお願いしたいと言ってくれた。

そのあとは十人組の人たちを主導で、村全体で話し合いの機会を持ってもらった。

結果としては、村人全員から「自由に土地を使っていい、アル様に任せる」と言ってもらえたそうだ。

この村の人たちって、俺のことをすごく信頼してくれているよな。そんな風に言ってくれると、働きがいがあるというものだ。最後まで頑張らないと！

というわけで、早速工事に取りかかった。

用水路を作るために必要なのは、水が流れるような地面の傾斜だ。

地形が自然にそうなってる場所はいいんだけど、そうじゃないところは人工的に角度をつける必要がある。考えるだけで大変そうだ……気が遠くなるので、今は考えるのをやめよう。

とりあえず、そういう作業がいらない場所から手をつけ始める。川より低い場所に位置している溜め池だ。

今回の計画として、まずは川と溜め池をつなぐ用水路を作ろうと思っている。そうしたら、雨が降らなくても村中の溜め池から水が使える。つまり作物も枯れない。

といっても、村中の溜め池を川とつなげようと思ったら……やめろ、考えるな！

まずは川より低い位置、かつ、川の一番近くにある溜め池から作業を進めた。

溜め池から川に向かって、土魔法で水路を掘り進めていく。水路の溝は、深さと幅が五十センチくらい。それに実際に水が流れても崩れたりしないよう、両端に壁をつけていく。

本格的な建設用具なんて何もない中、ぶっつけ本番の工事だった。だけど、思ったよりスムーズに水路を伸ばしていくことができた。多分、溜め池工事のおかげで土魔法の腕が上がったんだろうな。

時間にすると、十分で一メートル、一時間で約六メートルのペースで作業が進んでいる。

なかなか悪くないんじゃない？

作業しながらコツも掴めてきたので、このままいけば一日二十メートルくらいは水路を伸ばしていけそうだ。

しかし、川までの距離は一・三キロメートルある。つまり、この用水路を一本完成させるだけで、約六十五日……

ダメだ……気が遠くなりかけた。考えるな、考えるな……

それからはくる日もくる日も、黙々と作業を続けた。

最初一日三時間のつもりだった作業は、いつの間にか六時間になっていた。よく魔力切れを起こさないなと自分でも思う。

ちなみに、村の人たちはこの水路作りも見物……じゃなくて、応援に来てくれた。差し入れにと、食べ物や飲み物をたくさん渡される。ものすごく優しい。ありがとうございます！

でもよく考えたら、村の人たちが俺を見に来るのって、不安な気持ちが大きいからかもしれない。溜め池工事のあとに一度雨が降った。あれからもう一度だけ雨が降ったけれど、それっきりである。以前より多少マシであるとはいえ、安心できるような状況じゃないのだ。

村の人のためにも、俺が頑張らないと！

そう思うと作業ペースもだんだん上がってきて、六時間で四十五メートル進むようになった。

最初の予定では完成まで二ヶ月くらいのはずだったけど、これを維持できれば一ヶ月ちょっとで完成だ！


そして一ヶ月後――ようやく一つ目の溜め池から掘り進めた用水路が川につながった。

長かった……本当に長かった……

やるって言い出したのは俺だけど、結構キツかった……

さて、今日はいよいよ水路を開通させるぞ！

と思って起きた日の朝――なんだか家の外が騒がしい。窓から見てみると、水まき祭りの時と同じ状況になっていた。村の人たちが家の外に集まってワイワイ騒いでいるのだ。

用水路を開通させることはお父様にしか言っていないはずですが⁉

早速お父様を問いつめると、お父様が村の人に伝えたとのことだった……

お父様、村の人たちに魔法を口外しないと約束してもらってから、言いふらしすぎではありませんか……？

そう思いつつも、俺ももう慣れたものだ。後ろからついてくる村の人たちの声援を背にして、川へ向かう。

川と用水路がつながる場所には、板がはめてある。これを外せば川の水が用水路に流れこみ、晴れて溜め池とつながる。

せっかくなので、この作業はお父様にやってもらおう。

「それでは、これから水路に水を引きこみます。お父様、板を外してください！」

俺が告げると、村の人たちの歓声と拍手が巻き起こった。

俺の急な振りに、お父様はかなりうろたえている。

水まき祭りの時に挨拶の無茶振りをされたし、このくらいのお返しは許されるはず……

「それでは、開門！」

俺の合図とともに、お父様が板を引き抜く。

川の水が勢いよく水路に流れ出した。

村の人たちから大歓声があがる。みんな、流れる水を追いかけて水路沿いを走り出した。

俺も確認のために一緒についていく。途中で何ヶ所か地面の傾斜がいまいちな部分があり、その場で土魔法を使って掘り下げたりもした。微調整を経ながらも、川の水はなんとか溜め池まで到達した。

ドーッと音を立て、水が勢いよく用水路から溜め池に流れこむ。

その光景を見て、村の人たちは大喜びだ。

今まで大変だったけど、俺も役に立てたことを実感できて感慨深い。頑張ったかいがあったというものだ。最初はお父様が村の人たちに知らせていることにツッコミを入れたい気分だったけど、村の人たちに水路の完成に立ち会ってもらってよかった。

こうやって作業を進められたのも、村のみんなが信じて任せてくれたおかげだ。それに作業中だって、たくさん応援してもらった。こうやって村が発展した時は、全員で喜びを分かちあうのが自然な気がする。

俺はようやく、お父様の思いが分かった気がしたのだった。

こうして一つの達成感を味わうことができたけど、用水路工事はまだまだ終わらない。

実は用水路を開通させる前に、溜め池が川の水で溢れないようにするための排水路や、貯水量を調整するための栓を作っておくべきだったんだけど、完全に忘れていたしね。これは開通の直後に気付いて、慌てて作業をすることになった。

溜め池一つに用水路を設置するだけでも、こんな風に結構大変だ。そして次は、川と用水路でつながった溜め池から、別の溜め池へと水を引いていくのである。

村全体で水を使えるようにするには、少なくともあと三つか四つ水路を作らないとな。今回のペースで作業したとしても、全部完成させるには……うっ、また気が遠くなりかけた。

さすがにちょっと気分転換したいので、水路をつける前に別の作業をやることにした。

せっかく川から水を引けたから、溜め池を改良しておきたい。貯水量を増やすために、溜め池を更に深くしてみた。深くしすぎたので、水が汲みやすいように階段もつけておく。ちなみに今回は、あらかじめ排水路や栓もつけておいた。

溜め池はこんなところでいいかな。あとは用水路が全部開通したら、溜め池だけじゃなくて水路からも水が汲めるようになる。

溜め池より川の手前側に畑がある人たちには、直接水路の水を使ってもらってもいいかもな。

□□□

月日は飛ぶように流れ――あれから二ヶ月ほどで、四つの溜め池を水路でつなげた。

このあとは、道沿いに用水路を作っていくといいと思う。道沿いに作る利点は、なんといっても障害物にぶつからないこと。すでに作ってある道に沿って作業ができるから、溜め池工事よりかなり楽に作業が進められる。それに道は村中を行き交っているから、給水できる畑が多くなるしね。

この作業が終われば、あとは道沿いの用水路から各自の畑に細い水路を引いていけば完璧だろう。だけどそこまで全部俺がやるとなると、何年かかるか分からない……ということで、ここからあとは村のみなさんにお願いさせてもらった。

その間に、俺は別の課題に取り組んでいく。

実は水路を引いても十分に水を使えない畑が何ヶ所かあるんだよな。それらの場所は溜め池や川より高い位置にあるから、水が流れていかないのだ。このせいで、村の全てに水が行きわたらない状態になってしまっている。そこの畑の人が困るから、なんとかしてあげないと……

散々考え抜いたあげくに、水路とは別の方法を採ってみることにした。

まず、水量の多い水路が側を通っている畑には、水車を設置してみた。水車は羽のある輪を水の力でまわすことで、低い場所の水を高い場所に汲み上げることができる。ただし、ある程度勢いよく水が流れているところでないと使えない。

続いて水車も設置できないところには、風車を使うことにした。風車は風の力で羽をまわすので、水路の流れがイマイチな場所でも役に立つ。

この二つ方法で、溜め池から水を引けない畑にも水を供給することができるようになった。

やったね！　と言いたいところだけど……水車も風車も用水路以上に作るのに手間がかかったし、維持の手間が大変だ。使っていると、車の軸が回転ですり減っちゃうんだよな。でもなんとか水の供給はできているから、まあよしとしよう。

また、副産物として水車小屋も作ることができた。

水車小屋では水車がまわる力を利用し、杵《きね》を上下させて小麦を脱穀したり、臼《うす》をまわして小麦を挽いたりできるのだ。これおかげで、小麦粉を作るのがかなり楽になったと思う。

村の景色を見渡してみると、一気に立派になった気がする。

いちおう、これで用水路工事は完成したといってもいいだろう。

な……長かった。我ながらよくやったと自分を褒めてやりたい。

そのうち俺の作った水車小屋を参考に、新しい水車小屋が二つも作られた。みんなが共同で使っているらしい。

やっぱり水車の軸が摩擦《まさつ》で削れてしまうのが問題になった。軸を土魔法で強化したり、水をかけて熱や摩擦を軽減したりと工夫してはみたけど、根本的な解決にはならなかった。潤滑油《じゅんかつゆ》とかを使えばいいかもしれないけど、これも気休め程度だろうな。

一番いいのは消耗の激しい軸と歯車を金属製にすることだ。更にベアリングという輪っかみたいな部品をつけられれば最高なんだけどな。ベアリングを使うと装置の回転が滑らかになるから、摩擦を防ぐことができる。

ないものはしょうがないけど、鉄は存在するみたいなのでそのうちなんとかしたいものだ。


そうこうしているうちに、別の問題が発生した。

猪がやって来て村の畑を荒らすようになったのだ。

村の人に話を聞いてみると、どうやら日照りの影響で森でも食べ物が少なくなり、畑に出てくるようになったみたいだった。

水路のインフラを整えたおかげで、村の作物は日照りに負けず元気に育っている。森の動物からしてみれば、食べたくて仕方ないだろう。俺も空腹には耐えられないので、危険をおかしても人里に出てくる気持ちは分かる気がする。

しかしあんなに苦労した水路のおかげで育った作物だ。みすみす動物に食べさせるわけにはいかない。

まずは急場しのぎのために、ロープで罠を設置した。これは中に足を入れるとロープが締まり、動けなくなるという仕組みだ。

次に、森から猪が入ってこられないように柵を作ることにした。

村全体を柵で囲めれば完璧なんだろうけれど、時間がかかりすぎる。ということで、まずは森に面しているところから作り始めた。俺が土魔法で丈夫な柱を何ヶ所か作り、それを基準にして周りに柵を組み立てていくという段取りだ。

あとは村のみんなに手伝ってもらって、杭を打ちこみ、その間に木の棒を渡し、蔦《つた》で縛って柵を作っていく。ただ、全部柵にしてしまうと森との出入りが不便になってしまうので、一ヶ所に門を作って、木の扉を設置してみた。

だけど、門から猪が入ってきたら元も子もない……というわけで、土魔法を使い、門の外側に一・五メートル四方の大きな穴を掘った。村の人が門を出入りする時には、穴の上に板を渡して通ってもらう仕組みだ。

対策を整えたら、猪を何頭か捕まえることができた。罠にかかった猪もいたけど、村の外の穴に落ちた猪の方が圧倒的に多かった。

でも柵は森に近いごく一部しか完成していないから、大きくまわりこまれたら村に入ってきてしまうんだよな。少しは被害を減らすことができたけど、村全部を囲もうとしたらまだまだ先は長そうだ。

こればかりは地道に作っていくしかないので、基準になる柱と落とし穴を土魔法で作り、柵を作る作業の続きは村の人たちにお願いした。

こうして日照りから始まった一連のトラブルを、なんとか解決することができた。

細い水路作りや柵作りといった、途中から村の人たちにお願いした作業も順調に進んでいるみたいだ。よかったよかった。

それから定期的に猪が獲れるようになったことも、村のみんなから感謝された。

農作物の被害を減らした上に、待っていれば猪が捕まる。猪は肉も食べられるし、皮も売れる。

一石三鳥ということらしい。

9　発明と、お買い物

日照りで起きた問題を解決したことで、俺のチートぶりの評判は魔狼の時以上に村に浸透した。

しかも、歓迎ムードで受け入れられている。

もうこうなったら、村で気になっていたことをまとめて片付けてしまおう。

というわけで、井戸の改善に取りかかることにした。

今村にある井戸は、全部つるべ式だ。つるべ式というのは、滑車《かっしゃ》を利用して水を汲む井戸のことである。

井戸の上にやぐらが組まれ、そこに滑車が取りつけてあるのが特徴だ。滑車に通したロープの両端には、バケツが括《くく》りつけられている。このバケツを井戸に落下させ、また引き上げるのである。

だけど水の入った重いバケツを、深い井戸から持ち上げるのはなかなか大変だ。もっと楽に水汲みができればいいのにと思っていた。

それに、つるべ式の井戸は危険なのだ。通常蓋をすることがないので、人が井戸の中へ落下する可能性がある。この村でも子供が落ちてしまう事故が何度か起きたらしい。

俺は魔法で水を出せるので、井戸にはあまり用事がない。それでもいつもお母様から、井戸には近付かないように言われている。多分、そのくらい危ないって認識されているんだろうな。

うちには小さいサーシャもいるし、そういう事故が起きないようにしたいものだ。

俺は色々考えた末に、二つの案に絞った。

一つ目は跳ねつるべ式の井戸。これは作るのも設置するのも簡単にできそうだ。

跳ねつるべ式っていうのは、てこの原理を利用して水を汲む井戸だ。シーソーを思い浮かべてもらうと分かりやすいかもしれない。

井戸の近くに支柱を立てて、支柱の上に棒を載せる。この棒がシーソーみたいに上下に動く形にしておくことが肝心だ。棒の片側にはバケツを吊るして井戸に入れ、もう片方には水を汲んだバケツより重さのある石とかを括りつけておく。作り方はこれだけ。

この跳ねつるべ式の井戸を使ってバケツに水を入れると、シーソーで重い方が下になる時のように、重しを括りつけた方の棒が勢いよく下がる。逆にバケツ側は勢いよく上がる。これによってつるべ式より楽ちんにバケツが引き上げられるのだ。

二つ目は手押しポンプだ。これは井戸の上に取りつけ、装置の管を水の中に垂らして使う。

仕組みとしては、ストローと一緒だ。

水には大気圧――空気による圧力がかかっているので、普段は上から押さえつけられている状態だ。なので管の中から空気を追い出し、空気による圧力を少なくしてあげると、水は押さえつけられている力から解放されて上昇してくるのだ。

ストローを使う時は、口でストローの中の空気を吸い出すことで、ストロー内の圧力を下げている。手押しポンプではハンドルを上下させて装置の中の空気を抜いていき、圧力を下げていくことになる。

作り方は跳ねつるべ式の方がずっとシンプルだけど、手押しポンプなら井戸に蓋をしたままで水が汲めるから、転落の心配をせず、安心して使える。

よし、まずは手押しポンプを試作してみるか。

意気込んではみたものの、この世界では部品から手作りしなければいけない。

水や空気が漏れるのを防ぐためのパッキン、汲み上げに欠かせないハンドル……一体何をどうやったらうまくいくんだろう。汲み上げた水が逆流しないようにするための弁も取りつけないといけない。

自作の設計図を見ながら、土魔法で装置の枠組みや部品を作ってみた。本物は金属製だけど、ひとまず粘土で代用だ。土魔法で作れないものは、ほかの何かを使うしかないな。

パッキン部分は普通ならゴム製が多いけど、伸縮性のある猪の皮でもなんとか作れそうな気がする。

組み立ててみると、強度にちょっと不安はあるものの、いちおう装置を完成させることができた。

実用するにはまだパーツごとの精度が甘いから、何個も作って試行錯誤していくしかなさそうだ。


この村の水飲み用の共用井戸は、全部で五つある。

俺は手押しポンプが完成するまで、作り方が簡単な跳ねつるべの装置を村の共用井戸に設置してまわった。

設置後は早速お父様から十人組に連絡してもらい、実際に使ってみてもらった。集まったみんなは、水が楽に汲めるようになったと喜んでくれた。

だけど跳ねつるべ式って、浅い井戸じゃないと作るのが大変なんだよな。深い井戸から水を汲むには、より高いシーソーが必要になってしまう。高いシーソーを作るには、高い支柱が必要だ。それを運ぶのも立てるのも、上に棒を載せるのも重労働である。

できるだけ早く、本命の手押しポンプを完成させよう。


その後何度も手押しポンプの試作をすることで、かなりの精度で部品を作れるようになってきた。

粘土質の土を使ったら、円柱型の部分も完成度が高まったと思う。

ただ土のままだと水に弱いだろうから、全ての部品を火魔法により高温で焼き固めた。陶器のような仕上がりだけど、土魔法で圧縮した土を更に焼いたので、普通の陶器よりも硬くできたはずだ。焼くと大きさが変わってしまうので更なる試行錯誤を続けた結果、なんとか納得のいくものができあがった。

ほかのパーツも設計図に比べて誤差があるけど、いちおう許容範囲のものが完成したと思う。早速試作品の手押しポンプを、井戸に取りつけてみることにする。

ただし六才の体でやると井戸に落ちてしまう危険があるので、お父様に手伝ってもらった。うちの井戸の深さは、大体五メートルくらい。装置内の圧力が下がれば下がるほど——つまり真空に近付くほど深いところから水が汲めるはずなんだけど、鉄製の手押しポンプだって真空は作れない。

この隙間がありそうな陶器製の手押しポンプでどのくらい空気圧を下げられるか、ちょっと心配だ。なんとか五メートルくらい汲み上げられるといいんだけど。

魔法で水を出し、手押しポンプの上から流しこむ。水によって管の中から空気を追い出してやり、ポンプによる圧力下げがうまく作用するようにするためだ。

ハンドルが壊れないよう、おそるおそる上下に動かしていると、急に力がグッとかかるようになった。水が上がってくる感触が伝わってくる。そのままハンドルを上下させていると、無事に水がポンプから出始めた。しばらく続けても問題なく、試作品の実験は大成功だった。

これが魔法ではないことを説明すると、お父様はとても驚いていた。

耐久性のデータを取りたいので、試作品はそのままうちに設置しておくことにした。

ついでに試作品に合うような形の蓋も作って、井戸を塞いでおく。これでサーシャが落ちたりする心配はないだろう。

あとでお母様にも使い方を説明しておこう。


こうして、手押しポンプを使い始めて一週間が経った。データを取るために毎日使っているが、特に問題は起きていない。いきなり壊れたりはしない程度には仕上げられたみたいだな。

どれくらい耐久性があるかハッキリさせたいところだったけど、それよりも転落を防ぐのが大事だと思い、村の共用井戸用の手押しポンプも作った。

全部の井戸に設置が終わったところで、井戸の近所のみなさんを集めた。

俺はみんなに向かって説明する。

手押しポンプという装置を設置してみたけど、まだどれだけ耐久性があるか分からなので突然壊れるかもしれないこと。安全のために井戸には蓋をしておいてほしいこと。手押しポンプが壊れても、蓋を外せば今までの跳ねつるべ式で水が汲めること……もろもろ伝えたあと、手押しポンプの実演をしてみることにした。

お母様に手押しポンプのハンドルを上下に動かしてもらう。手押しポンプから水が出始めると歓声が起こった。サーシャは出てくる水をバケツで受け止め、ニコニコしていた。

そのあとは、みんなに手押しポンプを使ってもらった。手押しポンプから水が出る様子を、誰もが不思議そうに見つめていた。

子供たちもおもしろく感じたんだろう。はしゃいでしまって、みんな勢いよくハンドルを上下させた。壊れないか心配だから優しく使ってね……とお願いすると、少ししょんぼりされてしまった。最初に注意しておくべきだったかな。ほかの井戸で説明する時はそうしよう。

みんなが手押しポンプを触ってみて満足したところで、ハンドルを上下させた回数を記録しておいてほしいとお願いした。

これは耐久性のデータを取るためで、それを参考にして手押しポンプ改良していく予定だと話した。手押しポンプがあれば子供の転落も防げるし、水汲みも楽になると伝えると、みんな回数を記録することを約束してくれた。

その後、ほかの四ヶ所の井戸の説明会も無事に終わった。

これで村のためにできそうなことは、ほぼやりきれたと思う。

□　□　□

それから一週間が経った頃――コバックさんから声をかけられた。

猪の皮がたくさん集まったので、近いうちに町に売りに行くらしい。一緒に来ないかというお誘いだった。

お父様に行ってもいいか尋ねると、「アルなら大丈夫だ」とあっさり認めてもらえた。反対されると思っていたので意外だった。

実は、町に行くまでの道がすごく物騒らしい。途中で盗賊に荷物を狙われたり、魔物に襲われたり……なので、護衛の人を雇うこともあるという。

怖っ……なんか、お父様が俺に許可を出してくれた理由が分かった気がする。完全に遠足気分だったけど、いざとなったら俺が村の人たちを守らないといけないかもだ。

俺は気を引き締めて、念入りに準備を始めた。

まずは魔狼退治の時にもらった五万クロンを財布代わりの小さな袋に入れる。これを肩かけカバンにしまった。

続いて、襲われた時用の対策だ。一体、どのくらい警戒していけばいいんだろう。

でも、備えあれば患《うれ》いなしだ！　最大限のアイテムを持っていくぞ。せっかく初めての買い物なのに、無事に帰れなかったらやだし。

というわけで、お父様にもらった剣、土魔法で作った棒手裏剣十本、魔狼探しの時に使ったギリースーツまで準備した。武装は全部ずた袋に入れて、荷造り完了。

だけど町に行くのは初めての経験だから、まだイマイチ不安だ。本当にこれだけで大丈夫かな？　何も起こらなければ一番いいんだけどな……

それから数日後――いよいよ町に出発するという連絡をもらった。

出発は翌日の朝だそうだ。声をかけてもらってから数日経ったのは、落とし穴で猪が獲れるタイミングを窺《うかが》っていたらしい。せっかく町に行くので、猪の皮だけでなく肉も売りたいということだった。明日の朝早くに猪を解体して、終わったらすぐに出発するという。

早朝から動物の解体なんて大変だなと思ったけれど、肉が傷むといけないから朝一番に解体するのだと教えてもらった。

猪も今では、貴重な村の収入源だもんな。町に行く際に売れるものをできるだけ用意して、少しでもお金に換えた方がいいんだろうと納得した。


次の日――かなり朝早くに目が覚めた。気分は町に行けるワクワクが半分、あとは道中で何も起こりませんようにというビクビクが半分って感じだ。

集合場所に行くと、三台の荷馬車が用意されていた。

町に行くメンバーは聞いていなかったんだけど、いつもの十人組が揃っていた。こんなに大人数だと思っていなかったので、ちょっとビックリした。

十人組は村の男性の中でも特に腕が立つ人たちだ。それがフルメンバー揃っているということは、やっぱり危険なんだろうな。

よくよく見ると、みんな弓や剣、槍や盾まで持ってしっかり武装を整えている。

マジか……これは本当に気をつけないといけないみたいだ。

ちなみに十人組のメンバーは、大体二十代半ばから三十代半ばくらい。

三十代のメンバーは、ローグさん、コバックさん、ノルドさん、オルテさん。二十代のメンバーは、ナバロさん、サムソンさん、タロイスさん、ランドさん。あと、クルトさんとケルトさんという双子の兄弟がいる。どの人も、普段は村で農業と猟師を兼業しながら暮らしている。

みんなの武装をじっと眺めて不安になっていると、ノルドさんが言う。

「大丈夫ですよ、俺たちで必ずアル様を守ります」

「は、はい！　よろしくお願いします」

まさか、俺もしっかり武装を持ってきているとは言えないよな……いや、この人たちは俺が魔狼を倒すところを見ているんだから、言ってもいいのか……？

とにかく、襲われないことを祈るばかりだ。


いよいよ出発することになった。

俺は安全のため、馬車の列の中で真ん中の二台目に乗るように言われた。

馬車に乗りこむと、十人組の一人が俺の座る場所に柔らかい敷物を重ねてくれた。馬車の旅に慣れていないと、座っているだけでお尻が痛くなるのだそうだ。

みんなのところにはフワフワは敷かれていないので、俺一人だけ申し訳ない……と思いつつも、慣れない馬車の移動で迷惑をかけてもいけないので、ありがたく座らせてもらうことにした。

俺がお礼を言うと、みんなはなぜかドギマギした様子だった。

「いつもアル坊ちゃんには世話になっているから、これぐらいお安い御用だ」

照れた感じでそんな風に言われ、ジーンとしてしまった。改めて思うけど、なんていい人たちなんだ。

出発してから、どのくらいかかるのか聞いてみると、町までは片道八時間らしい。

そんなに遠いの⁉　高速バスの夜行便ですか⁉

しかも荷馬車だから椅子があるわけでもなく、ただの板の上にじかに座るのだ。そりゃあお尻が痛くなりもする。

道中いつ盗賊が現れるか気が気でなかったけど、昼過ぎ頃に無事町へ到着した。

まずは肉屋に行って、猪の肉を買ってもらった。

次に武器屋に皮を売りに行く。皮の枚数が多いので確認に時間がかかったが、なかなかの値段で買い取ってもらえたようだ。

武器屋の店主らしき人が帰りぎわに声をかけてきた。

「魔狼の毛皮が手に入ったら持ってきてくれ、前回より高く買うから」

どうやらここで、今俺が持っているお小遣い五万クロンが生み出されたようだな。

魔狼なんてそうそう出るものじゃないし、狩るのも大変だ。また持ってこられるかは分からないんですよ……と思いつつも、先日はお世話になりましたという気持ちで頭を下げておいた。

その後はコバックさんとノルドさんにつきそわれ、家族へのお土産を買うことにした。ほかの人たちは村の人からの頼まれた品を、それぞれ店に注文しに向かうらしい。

お母様とサーシャには四十クロンのクッキーを五十枚、お父様には四千クロンの酒を三本買った。

異世界に来て初めての買い物だ……しかも自分で稼いだお小遣いなので、充実感が高い。

早くサーシャにあげて、喜ぶ顔が見たいものだ。

それから、鍛冶屋にも足を運んでみた。鎌や鍬《すき》などの農具から、剣や包丁やナイフやハンマー、鎖や釘なども売っていた。

小さなナイフを買ったら一万クロンもした。鉄製品は高いみたいだ。

村の設備のメンテナンスに使うための釘も欲しい。十五センチくらいのものが百本で一万クロンだそうだ。百本あたり五本おまけしてくれると言うので、二百本買っておいた。だけど、まさかナイフと同じ値段だなんてビックリだ。ちなみにこの世界の釘は太くて角ばっており、楔《くさび》のような形をしている。

せっかくなので、ほかにもブラブラと店を見てまわった。

サーシャが読んでいるような絵本を見つけたので買おうとしたが、なんと中身は全て手書きで、一冊二万クロンもした。手が出る金額じゃない。残念だけど諦めよう。

塩は一キログラムが二千クロンもしたが、お母様のために三キロ購入した。

こうして俺のなけなしの五万クロンは、使い果たされたのだった。

買い物が楽しくて、つい散財しちゃったな……


その日は宿に泊まって、次の日の朝――

馬車には村から注文された、大量の品物が積みこまれていた。多いのは塩とお酒と布だ。それから高価な砂糖や香辛料もあった。

もしも次に町にやって来る時は、砂糖と香辛料を買って戻ればお母様が喜ぶだろう。家族を喜ばせるためにも、何かお金を稼げる方法が見つかるといいなと思うんだけど……そんな風に考えつつ帰路を進む馬車に揺られていると、道の先に別の馬車の姿が小さく見えてきた。

だけど、なんとなく様子がおかしい。目を凝らすと無数の人影が馬車の周りに見えた。しかも、争いあう声や武器がぶつかるような音まで聞こえてくる。

これってもしかして……

様子を窺いながらハラハラする俺に、ローグさんが声をひそめて言う。

「盗賊だ。商人の馬車を狙っているらしい……」

10　街道の魔物退治

馬車が盗賊に襲われているところに出くわしてしまい、十人組はどうするか相談し始めた。

本当なら助けたいところだが、俺がいるので迷っているらしい。

「僕は怖くありませんから、助けてあげてください」

そう告げると、十人組は助けに向かう決心を固めた様子だった。

俺は馬車の中に隠れて、じっとしているようにと言われた。俺も手助けするつもりなんだけど、それは黙っていた。

俺のそんな態度は脅えて声が出せないと取られたみたいだ。「アル様には危害が及ばないようにするので、安心してください」と言われてしまった。

十人組はすぐさま弓矢や槍などを取り出し、戦う準備を始める。

その隙に、俺も持ってきた装備をコッソリと取り出した。棒手裏剣は布に包んであるので服の中に入れ、剣を持つ。あと、念のためギリースーツも羽織ることにした。街道の周囲は森なので、もしかすると役に立つかもしれない。

それから身体強化魔法を発動し、視力と聴力を強化する。戦いの状況を確認しながら、いつでも出ていけるように身構える。

そうこうしているうちに、襲われている馬車のだいぶ近くまでやって来た。

豪華な馬車が盗賊に取り囲まれているのが見える。

十人組は弓に矢をつがえて警戒している。御者台にいるローグさんだけは、盾を持って攻撃されないよう備える。

ん⁉　でもあの盗賊、人間じゃない。

二足歩行で武器は持っているけど、トカゲみたいな姿からして魔物のようだ。それがなぜ、あそこまで統率が取れた感じで馬車を襲っているんだろう。

不思議に思ったけど、とりあえず今はそれどころじゃないな。

襲われている馬車には護衛の人がいる様子だが、すでに怪我をしていて動きが悪い。見た感じ、かなりピンチだ。

そのうち、魔物たちの一部がこっちに気付いた。

同時に護衛の人たちから声が飛んでくる。

「こっちに近付くんじゃない！　巻きこまれるぞ！」

馬車を取り囲んでいる魔物たちは、全部で二十匹ほど。

近付くんじゃないと言われても、ここまで来たら逃げるわけにもいかないだろう。十人組が魔物に目がけて、一斉に矢を射かけた。

二本の矢が二匹に命中したが、ほかの矢は剣で叩き落されるか、よけられてしまう。距離が遠いいので、威力が足りなかったみたいだ。

十人組の人たちが、次の行動に迷っている。

その時——突然こちらに矢が飛んできた。

飛んできたのは、街道沿いの森の中から。ほかにも魔物がいるのか？

矢の数からすると、大体十四といったところだろうか。

矢がみんなに当たることはなかった。だけど、馬車を引いている馬に刺さってしまった。

馬が痛みで暴れ出す。これじゃ馬車がコントロールを失って、弓矢のいい標的になってしまう。

俺は慌てて、馬車の後ろから飛び降りた。みんなは前方の魔物に気を取られていて、俺の行動に気付かない。

十人組の人たちと、襲われている馬車を助けるためにも、森の中にいる魔物を倒さないとまずいよな。そう思った俺は、そろそろと森の方へ移動していく。

身体強化魔法を使っているので森の中でも視界は良好だ。手に棒手裏剣を握りしめて、音を立てないようにしながら森の中の敵を捜す。すると、馬車に向けて弓を引いてる魔物たちを発見した。

距離は二十メートルくらい離れている。後ろ姿から見た感じ、こいつらもトカゲのような姿をしていた。

「背後からごめんね」と心の中で呟きつつ、俺はその背中に向かって棒手裏剣を投げつけた。

ギャッという鳴き声をあげて、二匹が倒れた。

弓を引いていた残りの魔物が、慌てて辺りをキョロキョロと見まわす。だけどギリースーツのおかげか、俺のことは見つけられない。

この隙を狙って、どんどん棒手裏剣を投げる。

魔物たちはみんな俺の魔法の射程内にいたので、逃げても命中させることができた。

だけど五匹倒したところで、ついに居場所を感づかれてしまった。

こっち目がけて矢を放ってくるけど、俺は風魔法で矢の方向を変えて回避する。何本か防ぎきれなかった矢が体を掠《かす》めたけれど、突き刺さることはなかった。ギリースーツには分厚く落ち葉や枝を縫いつけてあるので、それなりに防御力があるのだ。

そのうちに矢が尽きたんだろうか。残っていた五匹の魔物が、弓を捨てて襲いかかってきた。全員剣を構えている。

棒手裏剣を投げても、剣で弾かれちゃうかもしれないな。そう思った俺は、丘の練習で覚えて間もない魔法・ウィンドスラッシュを使ってみた。

風の刃のようなものをイメージして、三発ほど連続で撃つ。すると、想像以上に切れ味の鋭い魔法だった。向かってきた魔物たちは体を切断され、動かなくなる。

これで森からの攻撃は止められたかな。

今度は襲われている馬車の方へ移動して、残りの魔物たちをやっつけることにする。

馬車のところへ戻りつつ様子を窺ってみると、魔物たちは馬車の周りを包囲して、だんだんと輪を狭めていくところだった。

護衛の人の数が、さっきより少なくなってる気がする。何人かやられてしまったんだろうか。早く助けてあげないとまずいな。

俺は護衛の人に襲いかかろうとしている魔物目がけて棒手裏剣を投げ、動きを止める。そこから次々に投げていき、四匹に命中させた。

だけど、ここで棒手裏剣のストックが尽きてしまった。こんなことになると分かってたら、もっと作っとけばよかった。

作るのに時間がかかるから、今補充してるヒマはない。棒手裏剣の代わりに、ウィンドスラッシュを連発する。馬車の前の方に陣取っていた魔物たちは、これで全滅させられた。

残りの七匹は馬車の後ろにまわっているみたいだ。ここからじゃ魔法を使えないな。馬車に当たってしまう危険がある。

俺は気付かれないように、コッソリ馬車の後ろへ移動していく。

見ると、七匹は村の馬車から放たれる弓の方に注意を向けていて、俺には気付いてない……チャンス！

俺はそのまま静かに近付いていき、お父様の剣で切りかかった。

その魔物は、魔物らしからぬ悲鳴をあげた。

よく見ると、なんと魔物の中に一人、人間が交ざっていた。風貌からして、盗賊みたいに見える。

驚いていると別の魔物が襲ってきたので、俺は慌てて剣で倒す。

そうこうしているうちに、その盗賊は逃げてしまった。

捕まえそこねてしまった。だけど、かなり深手を負っているはずだ。あの盗賊が魔物たちに指示を出していたのかもしれない。捜し出して、なんとかした方がいいだろう。

とりあえず、魔物は全て倒せたみたいだ。

みんなは大丈夫だったかな？

村の馬車の方に目を向けると、無言で俺の方を見る十人組と目が合った。

うーん……この雰囲気、魔狼退治の時を思い出すな……

俺はそそくさと馬車に戻り、ギリースーツを脱いだ。

それから、矢が刺さった馬にヒールをかけて、手当をしてあげる。傷口が塞がると、馬は俺に頬ずりしてきた。治したのが俺だって分かったのかな？

次に、十人組のみんなが無事か確かめた。ランドさんとタロイスさんの二人が矢に当たって怪我をしていたので、これもヒールをかけて治療する。重傷を負った人は誰もいないし、命が助かって本当によかった。襲われていた馬車も、なんとか助けられたようだ。

ちなみに襲ってきたトカゲに似た魔物たちは、リザードマンというらしい。だけど、魔物にしてはずいぶん統率が取れてたよな。人型で知能が高く、ずるがしこい性質のようだが、それだけで人間の馬車を襲ったりするものなんだろうか……？

俺が考えこんでいると、襲われていた馬車から人が一人出てきた。

口の周りにモコモコと髭を生やした、中年の男性だ。

身なりがいいので、お金持ちなのかもしれない。

「おかげで命を救われました。あなた方が駆けつけてくれなければ、荷物を奪われた上に全滅させられていたでしょう。なんとお礼を言ったらいいか……」

男性はくり返しお礼を述べたあと、つけ加えるように言う。

「私は王都の商人で、マシューというものです。あなた方がどなたか、よければぜひともお聞かせください」

俺たちがロプト村の人間だというと、マシューさんは驚いていた。

なんと、俺が倒した魔狼の皮を、マシューさんが武器屋から買い取ったのだという。

再び手に入れたいと思い、魔狼の皮の出どころがロプト村であることを突き止めたので、これから訪れようとしていたそうだ。

こんな偶然もあるものなんですね……

というわけで、マシューさんと俺たちは、連れだってロプト村に戻ることになった。

□　□　□

帰り道、俺はマシューさんの馬車に乗せてもらい、護衛の人の手当てをする。

ちなみに、護衛の人は二人が亡くなっていた。最初に襲われた時に不意を突かれてやられてしまったとのこと。残った三人の護衛さんは深手を負っていたので、ヒールでできる限り治してあげた。

そういえば俺の能力って、できるだけ人目につかないようにしなきゃダメだったんだ！　村の人には見せても大丈夫だったから、気が緩んでいた。

慌ててマシューさんや護衛さんに事情を話すと、命の恩人の頼みなのだから、もちろん黙っていると快く約束してくれた。危ないところだった。

そうこうするうちに、なんとか日暮れ前にロプト村に戻ることができた。

俺と、俺の荷物を降ろしたところで、十人組はまた馬車で出発しようとしていた。

えっ、何しに行くんだろう。

尋ねてみると、いったんリザードマンのところに引き返すそうだ。解体して魔石を手に入れるためでもあるが、道沿いに死体を放置すると、ほかの魔物や狼が集まってくるのでよくないらしい。

十人組の馬車が村を出る前に「森の中にも十匹くらいいるので、お願いしますね」と伝えると、ものすごく怪訝な顔をされてしまった。


それからマシューさんを家にお迎えし、マシューさんにお父様を紹介する。

マシューさんはお父様に「あなたのご子息のおかげで命を救われました」としきりに感謝していた。

「その時の詳しいお話を伺ってもいいですか？」

お父様は俺の方をチラッと見たあと、マシューさんと一緒に客間に入っていった。

なんか嫌な予感がするのですが……俺はまたやらかしてしまったのだろうか。魔法のことを他言しないようにお願いしたって、先に伝えておけばよかったかな。

そんなことを思いつつも、サーシャとお母様にお土産を渡しに行く。

塩やクッキーをあげると、とても喜んでもらえた。

「お兄ちゃん、ありがとう」

「アルは優しいわね」

お母様は頭を撫でてくれた。つい、「エヘへ」と照れた反応をしてしまう。

そんな和やかな空気の中――突然、お父様が部屋に入ってきた。

マシューさんから話があるらしく、呼びに来たそうだ。

客間に向かう途中で、お父様がなんともいえない顔で話しかけてきた。

「アル、マシューさんはお前が魔物を退治した上に、ヒールで治療をしてくれたと言っていたが……」

「はい、困っておられたので放っておけず……あっ、でも僕の魔法のことはナイショにしてくれるそうです」

お父様は一瞬ホッとした様子だったが、また微妙な表情を浮かべる。

「いや、本当はよくやったと褒めてやるべきところだと思うんだが……今度は魔物を三十匹も倒したのか、そうか……いや、人助けは素晴らしいことなんだが……」

お父様は俺のチートぶりをかなり心配しているようだ。

俺自身もやることなすこと人を驚かせてばかりなので、少し困っています。自分ではできることをやっているだけのつもりなのですが……

客間に入ると、マシューさんが待っていた。

マシューさんは改めて深々と頭を下げる。

「命を救っていただいた値段としては少ないですが、ぜひこれを納めていただきたい」

そう言ってマシューさんが取り出したのは、一枚の金貨だった。

金貨一枚といえば、確か百万クロンのはず。これがあれば、サーシャに絵本が買える！

思わず受け取りかけたけど、気になったことがあって手をひっこめた。

「あの、そういえばマシューさんは魔狼の皮を探していると言われてましたよね。この金貨はそれを買うためのお金なのではないですか？」

マシューさんはハッとした顔をする。どうやら図星《ずぼし》だったみたいだ。

マシューさんが首を横に振って告げる。

「いえ、気にせずともよいのです。命を助けていただきながら、何もお礼をしないわけにはいきません」

「でも、マシューさんは馬車を襲われたり、護衛の人がやられてしまったり、たくさん被害を受けたと思います。このお金は修理代やお見舞い金にあててください」

俺がそう言うと、マシューさんは困ったように口を閉ざした。

それからしばらく間を置くと、「実は……」と切り出してくる。

マシューさんが話してくれたのは、次のようなことだった。

マシューさんの商会は、今ピンチに陥っているらしい。

商売がたきに嫌がらせをされ、商品も手に入らなければ、売る相手も見つからなくなっているそうだ。

そんな中、魔狼の皮で革鎧を作ったところ、王都の偉い人の間で評判となった。それでどうしても同じものを作ってほしいと依頼されたとのこと。

しかし魔狼の皮は貴重品で、めったに市場に出てくることはない。そんなわけで、魔狼を狩ったというロプト村であればなんとかなるのではと、藁にもすがる思いでやって来たそうだ。

やっぱり大変な状況みたいだ。そんなことを聞いたら、ますます受け取れないですよ！

俺はマシューさんの謝礼を、改めて丁重にお断りした。

マシューさんはとても申し訳なさそうにしていたものの、最終的には俺の意見を受け入れくれた。

「助けていただいた上に、お気遣いくださり……この恩はいつか必ずお返しします」

そのあとは魔狼の話題になったが、はぐれ魔狼が狩れたのは偶然で、ロプト村に現れることはほとんどないと伝えると、マシューさんは目に見えて落胆した。

商会の命運をかけてやって来たのだから、そうなりますよね……

せめて代わりになるものがないかなと考えていると、ハッと思い出した。

「そういえば、魔狼の魔石ならあります。王都の店でないと買い取ってもらえないと聞いて僕が持っていたんですが、よかったらご覧になりますか」

「なんと、ぜひお願いします」

というわけで、部屋から魔石を持ってきた。

ほぼ球体をしていて、大きさは十センチくらい。色は薄い灰色だ。

魔石をじっくり眺めたあと、マシューさんが言う。

「立派な魔石ですな。きっと高値がつくと思います。どうでしょう、これを私に預けてくれませんか。王都で売却し、そのお金を全てアル様にお渡ししたいと思います」

「そんな、悪いですよ」

魔狼の皮の代わりとして、マシューさんの商品にならないかな……と思っていただけだったので、マシューさんの提案に慌てて首を横に振る。

しかし、今度はマシューさんも折れない。

「せめてもの恩返しです。このくらいはさせてください」

マシューさんの熱意に押された俺は、結局甘えさせてもらうことにした。

その日は夜も遅くなってしまったので、マシューさんと護衛さんにはうちに泊まってもらうことになった。


そして次の日――早くも村を発つというマシューさんを見送ることになった。

その前に馬にお水を飲ませたいというので、うちの井戸に案内する。いつもは魔法で水を出すところなんだけど、最近うちではできるだけ手押しポンプを使っている。耐久性調査のためだ。

俺が手押しポンプを使って水を汲むと、それを見たマシューさんは目を見開いた。

無言のまま、まじまじと見つめている……と思ったら、今度は矢継ぎ早に質問してくる。

「この装置は一体どんな仕組みなのですか？　どうして水が出るのですか？　誰が作ったのですか？　どのように作るものなのですか？」

俺はビックリしつつも、ひと通り返答する。作ったのが自分であることも伝えた。

するとマシューさんは、しばらく空を見上げて放心していた。

えっ……大丈夫かな？　一体どうしちゃったんだろう……？

ちょっと心配になっていると、マシューさんはボロボロと涙を流し始めた。

「この村に来て、本当によかった……」

俺は唖然として、マシューさんを見つめる。

マシューさんはバッと俺の方に向き直り、真剣な様子で告げてくる。

「アル様、一生のお願いがあります。この手押しポンプの作り方と、独占販売権を私に売ってはもらえないでしょうか」

ポカーンとしている俺に、マシューさんは更に続ける。

「長年商人をやっていますが、このような素晴らしい装置は見たことも聞いたこともありません。誰もが欲しがるに違いありません。商品として量産すれば、必ず国中に広まります」

話が大きくなりすぎて、頭の整理がつかない。

村のみんなが困らないように作っただけなのに、そんなに価値のあるものなんだろうか。俺が話についていけてないことに気付いたのか、マシューさんは咳払いすると、改めて説明してくれた。

この手押しポンプは画期的な発明であり、商品にして広めることでたくさんの人が助けられるらしい。また大きな需要があるはずなので、販売を任せてくれれば、傾いているマシュー商会を立て直せるとのことだった。

加えて、もしマシューさんに独占販売を許可するなら、売り上げの三割を俺の取り分としてくれるそうだ。

最後に、商売を進めるにあたっては、ひとまず見本として今設置してある試作品の手押しポンプを買い取らせてほしいと言われた。

俺としては、この手押しポンプで村の人以外も便利になって、マシューさんも助かるなら別にいい気がする。それに契約してお金を稼げば、ロプト村のほかの設備の改良が進められる。そこはかなり魅力的だ。

「もしたくさん売れたら、鉄製のポンプが作れるかもな……」

俺が呟くと、マシューさんはそこにも食いついてきた。

現在の手押しポンプは陶器製で耐久性が心配なのだが、鉄で作ればそれが解消できそうだという話を説明すると、マシューさんは更に喜んでいた。

マシューさんはそういったアイディアも含めて買い取るので、すぐに契約書を作りたいと言った。

ひとつだけ心配なのは、手押しポンプの試作品を売ってしまうと、村の人がしばらく不便だということだ。

それをマシューさんに話すと、鉄製のポンプが完成し次第、この村に無料で設置するので許してほしいと言われた。

うん、なら問題ないよな。

というわけで、俺はマシューさんと契約を交わすことにした。

その後、念のためお父様とお母様にも相談にしたけど「アルの作ったものなのだから、アルの好きなようにしなさい」と言ってくれた。

マシューさんは、なんとこの場で契約書を作り始めた。

内容を確認し、お互いに署名して一部ずつ保管する。契約書を手にしたマシューさんは感極まった様子だった。

「アル様は私の命だけでなく、商会も救ってくださった……」

あんまり喜ぶので、俺は心配になってしまった。

こ、これで売れなかったら一体どうしよう。どうかたくさん売れますように……

そのあと、マシューさんに頼まれて俺も町に同行することになった。

マシューさんは、昨日襲撃を受けたのを役所に報告する必要があるらしい。多分、被害届のようなものなんだろう。俺にも証言をしてほしいとのことだった。

村の十人組が昨日のうちにリザードマンの死骸を回収していたので、それも証拠として見せるそうだ。ちなみにリザードマンを積んだ荷馬車は、なんと五台にもなっていた。合計で三十一匹もいたらしい。

マシューさんの馬車に、井戸から取り外した手押しポンプの試作品を積みこんで、俺、マシューさん、十人組の一行は出発した。

□□□

役所に着くと、報告書を作ってもらえた。

できあがったところですぐに帰ろうとすると、役所の人に慌てて引き留められた。

リザードマンたちには以前から討伐依頼が出ており、報酬を払ってくれるというのだ。街道にはリザードマンを手なづけて、馬車の荷を狙う盗賊がいたらしい。

あっ、それが昨日取り逃がしてしまったやつか……！

俺が盗賊のことを話すと、役人さんは驚いていた。

なんと深手を負った盗賊を、昨日町の騎士が捕らえたというのだ。

それを聞いてホッとした。マシューーさんのように襲われる人がまた出たら大変だもんな。

討伐報酬は、一四一万クロンだった。というわけで三十一万クロンを支払ってくれた。

盗賊についての報酬も受け取るように言われたけれど、俺が捕まえたわけではないので遠慮しておいた。

ちなみに、リザードマンの群れがこんなに一度に討伐されることはほとんどないそうだ。よく無事で済んだものだと、役人さんに呆れられてしまった。

役所から出たところで、マシューーさんとはお別れした。

そのあと、せっかくなので買い物をして帰ることにした。

お金を稼いだので、前回手が出なかった品物も買える。

砂糖一万クロン、香辛料一万クロン、絵本二万クロン。あとはお酒を十五本買って六万クロン支払った。まだ二十一万クロンも残っているので、十人組のみんなと分けて、一人二万クロンを受け取ってもらった。

また、村へ戻る道の途中で、十人組にお酒を一本ずつ配るととても喜んでもらえた。

「アル様が酒を十五本も買うから、みんなでジェイ様は大酒飲みなんだなと話していたんだよ」

コバックさんがそう言うと、みんな大笑いしていた。

こうして賑やかに話しながら、何事もなく村にたどり着くことができた。

家に戻った俺は、リザードマンの討伐報酬の話を家族にした。そしてお父様にはお酒、お母様には砂糖と香辛料、サーシャに絵本をプレゼントする。今日買った絵本には、賢者様が活躍する物語が描かれていた。

絵本は高価すぎてあまり売れないらしく、店に五種類しか置いていなかった。そのうち三冊はすでにうちにある本で、残りは今日買った賢者様の絵本と、邪神《じゃしん》が出てくる絵本だった。

邪神というのは、この世界でいう死神《しにがみ》みたいな存在らしい。人の心を操って、世界を破滅に向わせようとする危険な神だといわれているそうだ。

そんな内容だとサーシャが怖がりそうなので、そっちの購入はやめておいた。

サーシャからは早速絵本を読むようにせがまれたんだけど……さすがに村と町を二往復したばかりでクタクタなので、また今度にしてもらった。

11　兄上たちと、熊

十二月になると、お兄様たちが町から帰ってくるらしい。

俺――というかアル君には、二人の兄がいる。十二才のカイルと、九才のクロードだ。

二人とも八才になってから家を出て、町の学校で寮生活をしている。

ロプト村には学校がないので、教育を受けるには町に行くしかない。しかし村から通おうとしたら片道九時間通学になるので、八才になったら寮に入るというのが慣習になっている。

なお、卒業までずーっと町にいるかというと、そういうわけではない。十二月から一月までの二ケ月間は学校が休みになるので、毎年一度はロプト村に戻ってくるのだ。

転生した俺からすると、お兄様たちとは今回が初対面。

アル君の記憶によると、二人ともお父様譲りの金髪イケメンみたいだ。

二人はアル君と仲がよかったようだし、お父様たちがこんなに優しいんだから、お兄様たちもいい人に違いない。

村の人たちが町まで馬車で迎えに行くというので、俺もついていくことにした。

□　□　□

その頃、町では――

カイルとクロードがロプト村からの馬車を待っていた。

集合場所にはカイルとクロードのほか、町の寮で暮らす五人の子供たちが集まっている。全員が一緒に馬車に乗り、村へ帰るのである。

なお、学費や寮に莫大なお金がかかるので、村の大半の子供は学校には行かない。村から出ることはなく、親と同じ職を継ぐのがほとんどだ。

そんなわけで、子供二人を学校に通わせているカイルとクロードの家――ハイルーン家は、村では珍しい存在だった。

ただ、その負担のため、ハイルーン家の家計は楽ではなかった。カイルとクロードは小遣いを稼ぐために、休日は皿洗いや配達などをする必要があったのだ。

また、村へ帰るには時間がかかるので、途中で昼食をとることになる。そのためのパンも、カイルとクロードはお小遣いからまかなった。

ちなみに、昼食分のパンのほかに、二人はお小遣いを出し合って二十枚のクッキーを買っていた。

これは村に帰る時の毎年のお土産である。二人のお小遣いで買えるものは、これくらいが限界なのだ。

長男のカイルは騎士を目指して勉強している。ゆくゆくは、父親ジェイの跡を継ぐつもりだ。

辺境すぎてロプト村には騎士のなり手がいないから……というのも、カイルが騎士を目指す理由の一つだ。

ジェイは結婚してからずっとロプト村で騎士をしているが、その経緯をカイルは知らなかった。

もともとジェイは王都に住んでいたらしいという話は耳にしたことがあった。

なのになぜジェイが辺境の村の騎士になろうと思ったのか、ソフィアが妻として共に来る気になったのか、というのはカイルにとって大きな謎だった。不思議でならないのだが、聞いても何も教えてもらえないのである。

一方、クロードは次男なので騎士を継ぐことはできないだろうと考えていた。

だから得意な勉学を生かし、王都の官吏《かんり》になるのを志している。

官吏を目指すと決めたのは、王都の官吏になれば将来安泰だと聞かされたためだ。それから、カイルほど剣術が得意でないからでもある……

騎士と官吏、どちらの学校も十二才で最終学年に進級でき、見習い試験を受けることになる。

合格すれば見習いとして村や町に派遣され、二年間実務をこなしつつ本試験に備える。そして本試験に受かったところで、晴れて本当の騎士や官吏になれるというわけだ。

ちなみにこの本試験は見習い以外の希望者を募るために設けられたもので、見習いを二年間やり通した者には本試験の合格が約束されている。ただし見こみのない者は、見習い期間中に辞めさせられてしまう。

カイルは騎士見習いの試験に合格している。これから少し離れた町の騎士団に、二年間派遣されると決まっていた。

あとは卒業を待つだけなので、学校の休みを利用して帰郷するのはこれが最後だ。

早く帰って、お父様、お母様、アルやサーシャに会いたい。

そんな風にカイルとクロードが家族との再会を心待ちにしていると、ついに村から迎えの馬車がやって来た。

馬車は五台だ。町で売るための荷物がたくさん積まれていた。

馬車の多さを不思議に思ったカイルとクロードが近寄ってみると、馬車の中に弟のアルが乗っているのを発見した。

二人はキョトンとして顔を見合わせた。

町への道は物騒なので、迎えにやって来るのは子供たちの両親ではなく、村の中で選ばれた屈強な男たちである。親でさえ迎えに来たことはないというのに、子供のアルが乗っているというのは妙だった。

村人たちのまとめ役であるローグが二人に駆け寄って挨拶してくる。

「カイル様、クロード様、お久しぶりですね。みんなが乗りこみ次第、すぐに出発しますよ」

カイルは質問する。

「ところで、なんでアルがいるんです？」

「もうお気付きでしたか。そう、アル様も一緒なんです。今年は楽しい移動になると思いますよ」

「アルはまだ六才です。大人と一緒に町に来るには小さすぎでしょう？　ダダをこねてついてきたものと推察しますが、ご迷惑をおかけしませんでしたか？」

カイルが申し訳なさそうに言うと、ローグは少しためらいつつ、ゆっくりと口を開く。

「実は少し前に、町への道中でリザードマンに出くわしたんです。そのピンチをアル様に助けてもらって以来、町に来る際はご一緒してもらうことが多いんですよ」

カイルとクロードはポカンとしてしまった。

クロードは話が呑みこめずに、思わずもう一度尋ねる。

「ど、どういうことですか……？　アルが助けてって、アルがリザードマンをなんとかしたんですか？　魔物のリザードマンを？」

「はい、おかげで被害もなく……ああ、怪我人が出たのですが、アル様がヒールで治療してくださいました」

説明を続けるローグをよそに、カイルとクロードは顔を見合わせた。

カイルは、ローグが冗談を言っているのではないかと思った。

「からかわないでください。アルがヒールを使えるなんて」

ローグがカイルになんと説明したものかと弱っていると、ちょうどそこへアルフレッドがやって来た。

アルフレッドはカイルとクロードを見て、ニッコリと笑みを浮かべる。

「カイルお兄様、クロードお兄様、お帰りなさいませ。今年は僕もお迎えにあがりました。お父様もお母様もサーシャも、お帰りを楽しみにしていますよ」

カイルとクロードは再びポカンとしてしまい、しばらく言葉が出てこなかった。

少し経って、カイルとクロードは口を開く。

「……アル。お前、どうなっている？」

「……その言葉遣い、一体どうしたんですか？」

アルフレッドは目を泳がせながら、慌てて答える。

「あー、えっと、僕の言葉遣いは最近こんな感じなんです。お兄様たちのように大人になろうと決心しまして」

「「お兄様……!?」」

アルフレッドが二人をお兄様と呼んだことなど一度もなかった。

アルフレッドの変わりように、カイルとクロードはますます困惑するのだった。

□□□

さっきから俺——アルフレッドに対するお兄様たちの追及がしんどい。

せっかく一年ぶりの再会らしいのに、全然いい雰囲気にならないんですけど！

カイルお兄様に続けて、クロードお兄様も言ってくる。

「アル……お前何か変なものを食べたんじゃないか？」

「そうですよ。それか頭でも打ったんでしょう」

カイルお兄様は騎士を目指しているというだけあって、子供ながらに落ち着いて堂々とした雰囲気だった。髪はツンツンした短髪。動作がキビキビしているのが体育会系っぽい。

クロードお兄様は髪が波打っていて、パッと見では女の子みたいな外見だ。眼鏡をかけていて、いかにも頭がよさそうな印象を受ける。

はあ……それにしても、俺の変化に引かれるパターン、転生したての頃に何回も経験したけど、お兄様たちは子供だからより遠慮がない。お父様やお母様よりも、更に疑いの表情をあらわにしてくる。

ものすごく怪訝な顔で凝視されながらも、俺は必死に微笑みを浮かべる。

「ひどいです！　カイルお兄様もクロードお兄様も、久しぶりに会った僕にそんな風に言うなんてて……あっ、でも頭を打ったのは本当です。おかげで死にかけましたが、お母様のヒールでこの通り元気になりました！」

「「……」」

カイルお兄様とクロードお兄様は無言になったあと、ヒソヒソと小声で言葉を交わす。

「やっぱりな……」

「そのせいでこんなことになったんですね」

うう……やっぱり俺は、家族全員に怪しまれる運命らしい。

カイルお兄様が、咳払いをしてから、心配そうに言う。

「まさか本当に頭を打っていたとは思わなかった……アル、大丈夫だったのか？」

「はい、おかげさまで」

クロードお兄様は、眼鏡をかけ直しながら尋ねてくる。

「見た目は元気そうだけど、本当に怪我は治ったんですか……？　いや、ボクは心配で言っているんですよ」

「もちろん治りましたよ！　それにお兄様たちを見習ってたくさん勉強したので、魔法が使えるようになったんです。すごいでしょう」

「「……」」

お兄様たちは唖然とした様子だった。

そして再び、ヒソヒソ話を始める。

「本当にアルなのか？　魔法を使えるとか、わけの分からんことを言ってるぞ」

「まるでアルじゃないみたいですね……そもそも棒きれを持って走りまわっていたアルが魔法なんて、さすがに無理がありますよ」

お兄様たち、聞こえてますよ！

そこへ、その場を少し離れていたローグさんが戻ってきて、二人に説明する。

「カイル様、クロード様、アル様が魔法を使えるというのは本当なんですよ。それはすごい腕前で、今は馬車の護衛もお願いしているくらいなんです」

ローグさん、アシストをありがとう。

大人の証言があればお兄様たちも信じてくれるに違いない……と思っていたのだが……

「ローグさん、からかうのはやめてくれ」

「いくら一年ぶりでも、兄弟なんですから騙されませんよ」

カイルお兄様もクロードお兄様も、ぷりぷりしながらローグさんに応えた。

俺は心の中でうーんと唸ってから決意する。

よし！　諦めよう！

別に魔法のことを信じてもらえなくても、お兄様たちと仲よくやっていくにはなんの問題もない！

こうして、俺たちは馬車に乗りこみ、村へ出発したのだった。

俺たち子供は安全のため、馬車の列の真ん中にある三台目に乗っている。

途中まで順調に進んでいたが、ふいに異変を感じた。馬車の道が通っている森の中から、熊と思われる気配がしたのだ。俺は身体強化魔法で聴力と視力を強化しているから、みんなより早く気付ける。

俺は御者席に座っているローグさんに小声で状況を伝える。

「この先の森に、熊が一頭いるみたいです。念のため警戒しておきましょう」

それからローグさんが合図していったんほかの馬車を止め、みんなは弓や槍や剣を構え始めた。

お兄様たちや子供たちは、何だか不思議そうにしている。

その後再び進み、森の中へ入ると、やっぱり熊の姿があった。

俺たちの馬車が一台、二台と通りすぎても、熊は動かなかった。だが、熊は最後尾の馬車の馬を狙っているようだ。念のため俺だけ馬車から降り、四台目の馬車に跳び乗った。

荷台の後部から様子を窺ってみるが、熊はまだ動かない。もう一度馬車から降り、五台目の馬車に近付いていく。

その瞬間——熊が森から出てきた。

なかなかの大きさだ。立ち上がれば三メートルほどあるかもしれない。五台目の馬車の馬を狙っていたようで、こちら目がけて走ってくる。

だけど、魔狼のように毛は硬くないから、そこまで恐れることはない。

七十メートルほどしか離れていないので、いつものように棒手裏剣を投げ、風魔法で補助する。

見事に喉に命中して、熊は息絶えた。

全ての馬車が止まり、みんなが降りてきた。子供たちは、熊と俺を交互に見て唖然としている。

中でもお兄様たちは唖然としすぎて固まってしまっていた。

……や、やってしまったのか？　いや、でもこれでお兄様たちも俺の魔法のことを信じてくれるだろう。結果オーライだ。

俺は、信じられないという表情のまま呆然としているお兄様たちに声をかける。

「これがさっき言ってた俺の魔法です。なかなかすごいでしょ」

えへへ……と無邪気なスマイルつきで言ってみた。

「「……」」

お兄様たち!?　お二人ともドン引きじゃないですか！

これは……お父様の時と同じパターンな気がする。魔法で熊を倒す六才児……可愛くないもんな。

お兄様二人と、溝《みぞ》が深まってしまったような気がする……

そんな騒動がありつつも、お兄様たちが家に戻ってきて一ヶ月ほどが過ぎた頃――突然それはやって来た。

俺はいつものように、庭に水をまいていた。

すると、突然立っていられないくらいの大きな揺れが起こったのだ。

これって地震か⁉

俺は慌てて家の様子を見に行った。

12　地震と、ゴブリン

家に戻ると、サーシャがお母様に抱っこされて大泣きしていた。まさか、さっきの地震で怪我でもしたんだろうか。

サーシャをあやしながら、お母様が優しく聞いてくる。

「アル、あなた大丈夫だった？　どこも怪我はしていない？」

俺は努めて冷静に答える。

「僕はなんともありません。お母様とサーシャは平気でしたか？」

「ええ、ママは平気よ。サーシャも無事だけど、地震にびっくりしちゃったみたいね。それにしても地震なんて、いつぶりかしら……サーシャが生まれてからは初めてな気がするわ」

どうやらこの辺りでは、地震は珍しいことらしい。

我が家は騎士の屋敷であるためか、どの建物もほかの民家より頑丈な造りだそうだ。だから地震で壊れるようにはできていないという。

サーシャもようやく落ち着いてきたのか、お母様の腕の中で大人しくしている。

一瞬ホッとしたけれど、まだ油断はできない。村の被害が気になる。

お兄様たちは外に出ていたお父様を呼びに行ったらしい。

俺も急いで村の様子を見に行ってみよう。

その前に、念のため庭の様子も確認する。シルバーもベスも、鶏たちも無事だった……よかった。

というわけで、俺は身体強化魔法を使い、猛スピードで村の中を駆け抜ける。

たまに壁が崩れている家もあったけれど、全壊したところはなかったようだ。これなら魔法ですぐに修理できるだろう。

村の人たちは道に出て、不安そうに話をしている。声をかけて聞いてみたところ、怪我人はほとんど出ていないらしい。

異世界の地震の仕組みが元の世界と同じか分からないけれど、また揺れがきたら危ない。村人たちには、落ちてくるものがない、広いところに出ているようにお願いしておいた。

それから水路や溜め池、水車や風車を調べに行く。一つでも壊れていたら農作物に大損害が出る。

途中まで気が気じゃなかったけど、どれも俺が土魔法でしっかり補強しておいたので無事だった。

よし、残りは柵だ。柵が大丈夫だったら、改めて村の被害を教えてもらって、俺が修理のお手伝いをしよう。

ちなみに村の人の手助けのおかげで、柵は現在村の周りをぐるっと囲んだ状態になっている。

ひとまず猪対策の要《かなめ》である、森の近くの柵へ向かうことにした。

あそこはほかの柵より頑丈に作ってあるから、大丈夫だと思うんだけど……

柵の方へ向かううちに、そこにいる小さな人影が目に留まった。誰だろうと思いながら近付いていくと、カイルお兄様とクロードお兄様だった。

多分だけど、お兄様たちも村に被害がないか見まわりをしていたんだろう。

「アル、危ないぞ！」

俺に気付いたカイルお兄様が、慌てた様子で言う。

カイルお兄様の視線の先に目を向けると、柵の向こうで何かが動いている。

体長百三十センチくらいだろうか、緑色をした牙のある生物だ。

柵を掴んでこちらを睨みながら、「ギギ、グゲ」とくぐもった鳴き声を発している。

とりあえず、めちゃくちゃ気味が悪い。

できるだけ近寄らないようにしつつ、お兄様たちに尋ねる。

「なんですか、あれ……？」

するとカイルお兄様の背中から、クロードお兄様がヒョコッと顔を出して答える。

「おそらくですが、あれはゴブリンという魔物でしょう」

クロードお兄様、今、カイルお兄様を盾代わりにしていませんでしたか……？

俺はクロードお兄様に疑いの目線を向けるが、知らんぷりされた。

クロードお兄様は、眼鏡を上げながら続ける。

「ボクは本で読んだことがあります。結構知能が高くて、人間の真似をする習性があるみたいですよ」

その話に、カイルお兄様も頷く。

「オレも騎士学校で習った。だが、こうして実物を見るのは初めてだ。一匹だけなら弱いから、危険性は低いはずだ」

でも、いくら弱いといったって、魔物なら猪より危ないんじゃなかろうか。

「じゃあ、やっつけた方がいいですよね？」

俺が尋ねると、カイルお兄様は難しい顔をした。

「いや、お父様の判断を聞いてからにしよう……クロード。お父様を見つけて、ここに来ていただくように伝えてくれ。ゴブリンが襲ってくるかもしれないから、大急ぎで頼むぞ」

クロードお兄様は、顔を引きつらせて走っていった。

すごく慌てていたので、転ばないか心配だ。

お父様を待っている間に、カイルお兄様がゴブリンのことを話してくれた。

ゴブリンは本来群れで暮らしており、多い時は千匹近くで行動することもあるらしい。一匹では弱いが、攻撃を受ければ敵と見なしたものを大群で攻撃する。

今現れたゴブリンが群れからはぐれて一匹だけならいいが、もし群れが近くにいるなら、大変なことになるという。

それを聞いてさすがにギョッとした。

魔法も武術も頑張ってきたという自負はある。だけどまだそこまで大規模な戦いをやったことはない。

俺とカイルお兄様は、しばらく柵の向こうを見張っていた。

ゴブリンは、相変わらず「グギ、ゲギ」と不気味な声をあげながら、こちらの様子を窺っている。

今のところ、ほかのゴブリンが現れる様子はない。

魔狼の時のように、一匹はぐれて現れただけみたいだな……

「カイル、アル、無事か⁉」

そこへ、お父様が駆けつけてきた。弓を持ったコバックさんと、ノルドさんも一緒だ。

俺たちはゴブリンを見つけた経緯などを話した。

お父様はしばらく考えていたが、はぐれゴブリンだろうと判断した。

この村にゴブリンが現れたことは一度もないので、ゴブリンが群れで棲息していることは考えにくいというのが理由だった。

それからお父様の指示で、コバックさんとノルドさんがゴブリンに弓を放った。柵にかじりついてこちらを威嚇していたゴブリンは、数本の矢を受けて倒れてしまった。

人間よりはしぶといらしいけど、一匹だと弱いというのは本当のようだ。

ひとまずホッとしていると、コバックさんたちが口々に言う。

「ゴブリンが中に入ってこなくてよかったです」

「ええ、この柵のおかげで安全にゴブリンを狩れました」

俺もこんな場面で柵が役立つとは思いませんでした。作っておいてよかったと心の底から思う。

お父様が、俺の頭を撫でてきた。

「アルのおかげだな。お前には感謝することばかりだ」

なんでもお父様は昔騎士団にいて、ゴブリンと戦ったことがあるらしい。その際はゴブリンに村を襲われたと報告を受けて、お父様たち騎士団が討伐に向かったのだが、村人には何十人もの死者を出してしまったという。

今回はなんとかできたけど、本当に恐ろしい魔物なんだな。魔狼の件もあったし、村の守備力をもっと高めないといけないのかもしれない。

俺がそう考えていた時——視界の端で何かが動いた気がした。

驚いて顔を上げると、柵の向こうの草原にたくさんの小さな影が見える。

身体強化魔法をかけた目でよくよく見てみると……なんと、それらは全てゴブリンだった。

「ギギ、グゲ、グゴ」

耳障《みみざわ》りな鳴き声がどんどん増えていく。

すぐさまコバックさんとノルドさんが応戦する。だが、あっという間に矢がなくなってしまった。

初めは一匹しかいなかったから、準備していなかったのだろう。

そうこうしているうちに、森からは更に多くのゴブリンがワラワラと湧いてくる。

ちょっ……話と違いませんか!? いっぱいいるじゃないですか！

俺が慌てていると、お父様が信じられないといった様子で呟く。

「まさか、ゴブリンの迷宮が……!?」

初耳の単語が出てきた。ゴブリンの迷宮ってなんですか!?

思わずカイルお兄様を見るが、カイルお兄様はブンブンと首を横に振る。

騎士学校に通っているカイルお兄様でも知らないらしい。

お父様が真剣な顔をして俺の肩を掴んでくる。

「アル、よく聞くんだ。更に大量のゴブリンが出てくるかもしれない」

俺はポカンとしてしまった。

そ、そんな……唐突すぎる。心の準備が全くできていません。

今見ているゴブリンだけでも、結構な数だ。正確には分からないけど、大体三十匹といったところだろうか。

お父様は更に続ける。

「いくら柵があっても、武装を整えて戦闘に備えなければ、とても太刀打ちできないだろう。まだ幼いお前にお願いするのもおかしいと思うが……その時間を稼いでもらいたい。頼めるか？」

いきなりのことで俺は驚いたが、お父様の表情から必死なのが伝わってくる。きっとこの選択肢が今考えられる最善策なんだろう。

ここを突破されたら村のみんなが襲われてしまう。

なんの準備もなしでやれるかどうかは分からないけど……ここは、俺が頑張るしかない。

「分かりました」

俺はそう答えてから、お父様たちに告げる。

「ここは俺がなんとかします。お父様たちは、戦う準備をしてください」

今まで黙っていたカイルお兄様が、急に大きな声をあげる。

「お父様、オレも戦います！」

しかし、お父様は首を横に振る。

「ダメだ、カイル。お前には危険すぎる。家に戻ってクロードたちを守っていろ。信じられないかもしれないが、アルは俺よりも強いんだ」

カイルお兄様は、悔しそうな顔で俯いた。

俺はカイルお兄様にお願いする。

「カイルお兄様、家には俺の武器があります。熊退治の時に使ったものなのですが、取ってきてくれませんか？」

カイルお兄様は一瞬ビックリしたような顔をしていたが、力強く頷いてくれた。

こうして、お父様たち大人と、カイルお兄様がこの場を離れた。

みんなが戻ってくるまで、一人でやるしかない……俺は覚悟を決めて、魔法で戦うことに決めた。

柵の外を見ると、さっきよりゴブリンの数が増えている。

たくさんのゴブリンを相手にするには、風魔法が一番効率がいいだろう。

早速俺は、ゴブリンたちの膝より少し下の高さに向けて、ウインドスラッシュを何発か発動した。

飛び出したウィンドスラッシュは、群れを切り裂いていく。ゴブリンの断末魔《だんまつま》が響き渡った。これで半分くらいは数が減ったと思う。

ただし減らしたといっても、あとからあとから湧いてくるのでキリがない。

俺が魔法を発動させられるのは百メートル以内、発動したあとの魔法が届くのは百三十メートルくらいの距離までだ。しかし柵はゴブリンが湧いてくる森から、約二百メートルくらいの距離に位置している。なので、湧いてくるところを直接攻撃することはできず、近付いてきたゴブリンに攻撃を当てていくしかない。

だけどゴブリンは森から出たあと、バラバラと柵沿いに横に広がっていく。現状だと倒すのにすごく手間がいる。

やっぱり、武器なしだと結構つらいものがあるな……

そう思いながらも、俺は地道にウィンドスラッシュを放ち続けた。

何分くらい経っただろうか——お父様たちが戻ってきた。弓矢や槍といったリーチの長い武器を持っている。

カイルお兄様も、俺の荷物を持ってきてくれた。

「アル、頼まれたやつだ」

投げ渡された袋の中には、土魔法であらかじめ作っておいた棒手裏剣三十本が用意してある。

「カイルお兄様、ありがとうございます！」

俺は早速離れたところのゴブリンに棒手裏剣を投げ、魔法で操作して命中させる。棒手裏剣なら風魔法の補助がきくので、普通の魔法より遠くの敵まで届くのだ。

更に、近くのゴブリンにはウィンドスラッシュを放ち続ける。

お父様たちが弓や槍で攻撃してくれるのも、かなり助かった。


そして、戦いを始めてから一時間後——森から出てくるゴブリンの勢いが、ようやく収まってきた。これまでに大体、百匹くらいは倒しただろうか。

そこから更に三十分後。たまに出てくるゴブリンを倒し続けていると、ついにゴブリンは湧いてこなくなった。ただ、油断は禁物なので見張りを続けた。

最初にゴブリンを見てから、数時間が過ぎた。いつの間にか夕方になり、辺りは暗くなりかけている。結局あれからゴブリンは出ていない。おそらく、退治しきることができたのだろう。

少し落ち着いてきたので、お父様にようやくゴブリンの迷宮について聞くことができた。

迷宮というのは、魔物の巣のような建造物のことらしい。理由は分かっていないのだが、森や平原に突然現れる。新しい迷宮ができる時には、地震を伴うことが多いという。

迷宮には謎が多く、今回のように突然魔物が出てくることもあれば、いつの間にか消滅していることもある。現状では場所を突き止めて、中を探索するくらいしか対処ができないという。

ゴブリンの棲息地がこの村の近くにはないこと、地震のあとでいきなり大量のゴブリンが現れたことから、迷宮があることはほぼ確実だろうとも言っていた。

なんでそんな恐ろしいものが、村の近くに出てきてしまったのだろう。魔狼といい、あの森には魔物を惹《ひ》きつける何かがあるんじゃないだろうか……

念のため、今日は交代で朝まで見張りをすることになった。

いつもの十人組全員に集まってもらい、お父様、カイルお兄様も含めた十二人で番をすることが決まる。三人一組で三時間ごとに交代するそうだ。

俺はかがり火の準備を手伝ったりして、見張りに参加する気満々だったのだが、あっさり帰れと言われてしまった。

いざという時のために力を温存しておけということだったので、しぶしぶ一人で戻る。

家に帰るとクロードお兄様をはじめ、お母様やサーシャからとても心配された。俺はゴブリンの出現は落ち着いていることを説明し、みんなを安心させた。

翌日以降、俺が呼び出されることはなかった。

見張り中に六匹ほどのゴブリンが現れたが、弓矢と槍で退治できたそうだ。大事にならずに済んで本当によかった。

しかし、原因である迷宮をなんとかする必要がある。

俺は早速森の調査に行こうとしたが、お父様から絶対ダメだときつく言いつけられた。

迷宮が出現した可能性がある時は、まず町の役所に知らせなければいけないらしい。

迷宮の規模によっては、この村だけの問題ではなく、近隣にまで影響が及ぶこともある。被害が出るのを防ぐために避難が優先されることもあるので、役所から連絡があるまで、勝手な判断や行動は許されないという話だった。

なんだかスッキリしないけれど、しばらくは見張りを続けるしかないらしい。

13　手押しポンプと、お祝い

地震から二週間ほどが経過した。

幸いなことに、最近はゴブリンを見かけなくなった。

地震から一週間後くらいまでは、毎日数匹のゴブリンが森から現れ、見張りの人によって退治されていた。しかし今ではパッタリと姿を見せなくなったので、見張りもいったんやめにするらしい。

よく分からないけど、迷宮のゴブリンは全部倒せたと考えていいんだろうか。とにかく早く町から連絡がくるのを待つばかりだ。

ちなみに、村民が森に入ることは未だに禁止されていて、俺はもちろん、村の人も猟などを控えている。

以前は猟ができないと生活できなくなる人が大勢いたが、今の村には落とし穴がある。そこに餌をまいて、落ちてきた猪を獲ることで狩りの代わりにしているらしい。

そんなある日のこと——商人のマシューさんから手紙が届いた。

約束の手押しポンプを用意できたので、近々ロプト村に伺います。

六日間で到着の予定ですが、早くアル様の喜ぶ顔が見たいので、できる限り急いで向かいます。


……とのことだった。

こうして手紙がきたということは、マシューさんの商売はうまくいったのだろう。

俺はマシューさんがやって来ることをお父様たちに伝えてから、上機嫌で花壇の水まきのお手伝いを始めた。

水をまいているとベスがタタッと走ってきて、放っている水の下をくぐったり、上を跳び越えたりする。そうやって濡れたあとに地面で転がりまわるから、フワフワの毛がどんどん土でドロドロになっていくが……俺は気にしないでいてあげる。

うちの庭と花壇とベス、実にのどかな光景だ。ここのところ戦い続きだったから、元気に遊びまわってるベスの姿を見ると心が和むよ。

俺がどろんこのベスをよしよしと撫でていると、お兄様たちがやって来た。

黙っているので不思議に思っていると、急に切り出される。

「アル、そのだな……お前のことを疑ってばかりで悪かったたな」

「ボクも謝ります……さっき水を出してたのも、きっと魔法ですよね？　まあ、魔法の本にあったのとは、かなり違いますけど」

お兄様たち、急にどうしちゃったんですか⁉

俺がビックリして黙っていると、お兄様たちは歯切れ悪くモジモジしている。

しばらくしてから、カイルお兄様が再び口を開く。

「実は、お前の変わりように馴染めなかったんだ。だからつい距離を置いていた」

クロードお兄様も、隣で頷いている。

やっぱり迎えに行った日にドン引きされたと感じたのは、間違っていなかったらしい……

俺がちょっとしょんぼりしていると、カイルお兄様が慌てて続ける。

「だが、ゴブリンが出た時のお前は素直にすごかった。村をこんなに豊かにしたのも立派だ。いつの間にこんなに成長したのかは知らんが、アルはオレの自慢の弟だ」

「そうですね、棒きれを振りまわすのもやめましたし」

お兄様たちが歩み寄ってくれた……⁉　俺は嬉しさを抑えきれなかった。クロードお兄様が若干イヤミを言っていた気がしないでもないが、全然構わない。

「お兄様たちにそう言ってもらえるとは思いませんでした！　僕、もっともっと自慢してもらえるように頑張りますね！」

俺のはしゃぎっぷりを見て、クロードお兄様がボソボソと呟く。

「……ボクだって、アルが六才なのに初級魔法の本をマスターしたのは、本当にすごいと思っていますよ」

それからクロードお兄様はふと思いついたように、眼鏡をクイッと上げた。

「そうだ。ボクも頭を打ったら、魔法が使えるようになりますかね？」

一瞬、間《ま》を置いて、カイルお兄様がクロードお兄様の顔をまじまじと見つめた。

「……クロード、お前何言ってるんだ？　そんなおかしなことを言うなんて、もう頭を打ってるんじゃないか？」

「じょ、冗談を言っただけですよ！　真面目に返さないでくれませんか！」

いつもツンケンしているクロードお兄様が、真っ赤になって言い返している。

俺はその珍しい光景に、思わず声を出して笑ってしまった。

笑ってしまってから、お兄様たちに怒られるかなと思って二人の表情を窺ったが、二人もつられたように笑みを浮かべていた。

最初は仲よくなれるか心配だったけれど、無事に兄弟の絆《きずな》を深められたみたいだ。

やっぱり俺の異世界の家族は最高だな！


それから数日して、マシューさんが無事に村に到着した。

念願の鉄製手押しポンプを完成させて持ってきてくれたのだ。これから村に設置してまわるというので、俺は参考にするためについていくことにした。

まずはうちの井戸から設置が始まる。

設置を受け持つ職人さんは、かなり手ぎわがよかった。一ヶ所の取りつけに一時間もかからないそうだ。この分だと、今日のうちに村中に設置し終わるだろう。

詳しく聞いてみると、王都ではもう五十台も設置した経験があると教えてくれた。

すごい数だ……しかも、まだまだ依頼が途切れないらしい。そんな中こちらを優先してくれたマシューさんには感謝しないと。

設置された鉄製手押しポンプを使ってみると、陶器製だった頃のひっかかりがなくなり、動きが滑らかになっていた。滑らかになった分思いっきりハンドルを上下させてもびくともしない。素晴らしい仕上がりだ。

それからたった数時間で、村中に手押しポンプが設置された。

村のみんなはマシューさんや職人さんにお礼を言って、とても喜んでいた。せめてもの気持ちにと、色々な食べ物を渡している。猪肉の燻製《くんせい》や柑橘類《かんきつるい》の蜂蜜漬けなどだ。

俺もいったん家に戻って、お母様に夕食を奮発するようにお願いしてみよう。

そんな風に考えつつ家に帰ると、お母様は台所で忙しく働いていた。お願いするまでもなく、ごちそうを用意してくれているみたいだ。さすがはお母様。お兄様二人も、お母様を手伝っている。

うちの家族はみんな働き者で、仲がいい。本当に嬉しいことだ。前世では家族と過ごす機会をほとんど持てなかったので、幸せを噛みしめる。

お母様、お兄様たち、ありがとうございます。

心の中で思いながら、俺もお手伝いをすることにした。

料理がどんどんできあがっていく。猪の焼肉に、鶏の丸焼き、スープやサラダもある。

すると、村の人たちがやって来て、料理を外に運んでいった。

どうしたんだろうと思っていると、手押しポンプの設置を祝って、宴会を開くことになったようだ。

俺も村の人のあとについて、サラダの入ったボウルを運ぶ。パンのかごを持ったサーシャも一緒だ。

パンのかごは、サーシャがどうしてもお手伝いすると言ってきかないから、お母様が持たせてあげたものだ。だけど、実はほとんど中身が入っていない。転んでパンを落とすといけないからだろうな……

村人について歩いていくと、村の中央を通る広い道が会場になっているようだ。そこに即席の長テーブルがいくつも並べられている。樽《たる》の上に板を渡して作ったものだ。

テーブルの上には、すでに驚くほどたくさんの料理が並んでいた。村の人たちがみんなして持ち寄ってくれたらしい。俺の好きな蜂蜜をかけて焼いた鳥の料理もある。

会場には村中の人が集まって、ワイン片手にワイワイ話しながら料理を楽しんでいる。五百人もいるので、まるでお祭りみたいだ。

「こんな風に集まって祝うのは、この村始まって以来だろうな……」

お父様は、感慨深そうにしていた。

しばらく和気あいあいと盛り上がっていると、ローグさんがみんなに呼びかけた。

「みんな、今日は参加してくれてありがとう。この会は、村に手押しポンプが届いたお祝いだ。マシューさんや職人さんたちに感謝しよう」

するとあちこちから村人たちの声があがった。

「おかげで楽に水が汲めるわ！」

「子供が落ちる心配もなくなって、助かるよ」

「こんなに気前よくしてくれて、ありがとう！」

マシューさんや職人さんたちは照れた様子で笑っている。

ローグさんは続ける。

「この手押しポンプを考えてくださった、アル様にも感謝をささげよう！」

村の人たちからひときわ大きい歓声があがった。

「ありがとう、アル様」

「アル様に乾杯！」

「アル様、せっかくだから何か言ってくださいよ」

「そうだ、みんなで乾杯しましょう！」

みんな、結構酔いがまわっている気がする……

ローグさんまで「アル様、乾杯の音頭をお願いします」と言ってきた。

「僕が？　聞いてませんよ！」

「ええ、今お願いしましたから」

村人たちがどっと笑い崩れる。

俺は遠くからも見えるようということで、樽の上に立たされてしまった。

俺の側にはお父様をはじめとした家族が揃っていて、ニコニコとこっちを見守っている。村の人が俺に果物のジュースの入った木のコップを渡してくれた。

ええ～!?　いきなりだけど、もうしょうがない。普通に思っていることを伝えよう。

「えっと、まずは手押しポンプがみんなの助けになって嬉しいです。設置してくれたマシューさん、職人さん、ありがとうございます。それから村のみなさんにも。いつも俺の思いつきに協力してくれて助かっています」

たどたどしい挨拶だけど、みんな微笑みながら聞いてくれている。

「それと、僕の家族にも。実はカイルお兄様が、これから騎士見習いになられます。晴れて騎士になったら、この村を守ってくれるはずです。一緒に門出《かどで》を祝ってくれると嬉しいです」

カイルお兄様はビックリしたような顔をしていた。

カイルお兄様の周りにいた村の人たちが「騎士になったら、村をよろしくお願いします」「騎士見習いの間も頑張ってください」と声をかけている。

村の人たちの温かさに、俺は思わず笑顔になった。

「それでは……村の発展と安全を願って、乾杯！」

そう言ってコップを掲げると、みんなから「乾杯‼」という声が湧きあがった。同時にワインの入った木のコップが一斉に掲げられる。

サーシャも俺のいる樽のところにやって来て、見よう見まねでコップを掲げている。

「アルフレッド様、ありがとう」

「手押しポンプ万歳！」

色々な声が飛び交っている。俺が乾杯の挨拶をしたあとも、あちこちから「乾杯」という声が聞こえてきた。

それから会場を歩きまわると、みんなの様子が目に入ってきた。

マシューさんと護衛さんたちは、ワインを飲みながら猪肉を食べ、すごく楽しそうにしていた。

カイルお兄様は、村の人たちと話をして泣いている。みんなから応援してもらって感動したみたいだ。カイルお兄様って意外と涙もろかったりして。

お父様とお母様の周りは村の人だらけだ、日頃のお礼を言われているんだろう。

サーシャはクロードお兄様と手をつないではしゃいでいる。

その周りには若い女性たちがいて、二人とも可愛いとニコニコしている。

もしかして、サーシャと一緒だから勘違いしているんだろうか……クロードお兄様はフワフワ髪

ですが、男の子ですよ！

十人組の人たちはローグさんも、コバックさんも、ノルドさんも、ほかのみんなも、楽しそうに「乾杯」とグラスをぶつけあっては飲み干し、また誰かから注がれて「乾杯」と言うのを繰り返している。

かなり盛り上がってるけど、大丈夫かな？　俺のヒールは二日酔いには効果ありませんからね！

歩きまわっている最中にも、色んな人が感謝の言葉をかけてくれた。

家族のために、この村のみんなのためにまた頑張ろう。俺はそう決意を新たにしたのだった。

14　マシュー商会と、金貨

私——マシューは王都の商人だ。

十五才から商会で奉公《ほうこう》を始め、見習いをしながら経営方法について学んだ。

そして十五年前、ついに王都でマシュー商会を立ち上げたのだ。

私の信念は、思いやりを持って誠実な商売をすることだ。これを心がければ、相手から信頼を得られる。信頼があれば、どんな商売も順調に進むものだ。

マシュー商会を立ち上げて以来、少しずつではあるが、それでも着々と売り上げを伸ばしてきた。

私にもありきたりながら夢がある。

マシュー商会を、王都で誰もが一目置くような大商会にすることだ。

商会を立ち上げてから頑張ってきたが、それは並大抵のことではないとは実感している。しかし信念を曲げずにいれば、いつか叶うものだと信じていた。

だが——いつの頃からか、商売は暗礁《あんしょう》に乗り上げた。

商品を購入してくれるお客がどんどん減っていったのだ。

特に困ったのは、お客に会ってもらえなくなったことだ。

いくら誠実で思いやりのある商売を心がけていても、会ってもらえなければ信頼を得るどころの話ではない。そもそも相手が入り用なものを尋ねることができず、手持ちの商品すら見せることができないのだ。

マシュー商会では、値段の高い商品を扱い、顧客も富裕層が多い。

商談を持ちかけるために、献上品を届けるから会ってほしいと手紙を出したこともあった。だが、それすら門前払いを受けてしまう。

富裕層の人間であれば、普通なら献上品くらいは受け取ってくれるものだ。その機会を利用して商品の売り買いを持ちかけることも多いのに、門前払いとなれば打つ手がない。

困り果てていると、つきあいのある商人から忠告を受けた。

どうもマシュー商会の躍進がほかの商会の目に留まり、嫌がらせをされているらしい。

そのうち商会で雇っている者たちが、オロオロと報告に来るようになった。今まで懇意にしていた取引先から、品物を卸すのをやめると通達されたというのだ。

これもほかの商会からの嫌がらせだったらしい。かつて取引をしていた人たちが、申し訳なさそうに教えてくれた。

商品がなければ、商売は成り立たない。マシュー商会の経営状況はどんどん傾いていった。このままでは商会をたたむ必要があるほどの危機だった。

しかし簡単に諦めるわけにはいかない。私はマシュー商会の主人として、雇った者の生活を守らなければいけないのだ。

私は独自に取引のできる新しい商品を血眼《ちまなこ》で探しまわった。

しかし、今流通していない商品で、しかも商会の危機を救うほどの需要があるものなど、そうそう見つかるはずもない。

私は途方に暮れていた。

魔狼の皮に出会ったのは、そんな時だった。

かなり高価な品だったが、一目で気に入って購入した。

今までマシュー商会は武器の売買には手を出していなかった。

これは商売のチャンスだと思い、知り合いである王都の第三騎士団長に見せに行った。

魔狼の皮はとても丈夫で、なおかつ軽くて柔軟性がある。

騎士団長はとても興味を持ったようで、すぐに革鎧に仕立てて売ってほしいと頼んできた。

チャンスを掴んだと思った私は、腕のいい職人を探した。

すると、風変わりな職人の噂が耳に入った。

とんでもない技術を持っているが、ひどく変わり者らしい。金だけで依頼を受けることは決してなく、気に入った材料が見つかった時にだけ仕事をするという。

私は彼に必死に頼みこんだ。初めは取りあってもらえなかったが、話を聞くうちにどんな人柄なのかが分かってきた。

職人は変わり者ではなく、誠実な人間だったのだ。

高いお金を出して買ってもらう商品を、すぐにダメになるような材料では作らないというのが彼の信条だった。

私の商売の信念と通じるものがあるではないか。

私が自分の考え方を打ち明け、説得し続けると、ついに職人と意気投合することができた。魔狼を使って最高の革鎧を作ると約束してもらえた時は、涙が出そうだった。

その後、私は騎士団長を職人のもとへ案内した。

サイズを測り、型を取って皮を裁断し、縫いあげて、たったの一週間で職人は完成させた。

騎士団長は大変気に入ってくれたようで、最高の出来ばえだとお褒めにあずかった。

今回の商売で儲けはほとんど出なかった。だが、騎士団長に喜んでもらえただけで十分だった。

それに職人とのつながりという、形にできない財産も作れた。

職人も今回の仕事に満足していた。あれだけ状態のいい皮はめったに手に入らない、最高の仕事ができたと上機嫌だった。

こうして私は新しい商いとして、職人の作った革鎧を売ることを思いついた。

しかし、鎧に使えそうな皮を探してまわっても、魔狼の皮を見たあとでは、納得できるものが見当たらなかった。


しばらくして、王城から呼び出しがあった。

王城と取引を行ったことは幾度かあったが、呼び出されることなど初めてだ。おっかなびっくり出かけると、私が売った魔狼の革鎧を着た騎士団長が現れた。その傍らには、若い利発そうな男性がいた。

着ているものから身分の高い人物だと見て取れたので、私は慌てて深く頭を下げる。

すると近くにいた侍従《じじゅう》が告げてきた。この男性はメダリオン王国の王太子であり、騎士団長と同じ魔狼の革鎧を所望しているそうだ。

私は正直に申しあげた。

「魔狼の毛皮はとても貴重であり、私も必死に探しているのですが見つけられないのです」

王太子を怒らせてしまい、無事に帰れなくなることも覚悟したが、王太子は気さくに声をかけてくださった。

「そうかしこまらないでくれ。わがままは承知しているが、団長の革鎧を見て一目ぼれしてしまったのだ。時間はいくらかかっても構わないから、どうしても手に入れたい。最高のものが欲しいのだ。頼めるか？」

そこまで言われると、断れなかった。

「謹《つつ》んでお受けいたします」と答えて、私は王城をあとにした。

おそらく、騎士団長が私の窮状《きゅうじょう》を知って王太子に売りこんでくれたのだろう。

大変そうだが、チャンスが巡ってきたようだ。


しかし、肝心の魔狼の毛皮はいくら探しても見つからなかった。

初めに毛皮を買い取ったという店をなんとか突き止め、マルベリー領ロプト村から売りに来たのだという手がかりをやっと得ることができた。

私は護衛をつけてロプト村に向かった。しかしその道中で待ち伏せされ、襲われたのである。

これはあとから分かったことだが、ほかの商会からの嫌がらせはまだ続いており、王都から出たタイミングで私を亡《な》き者にするよう依頼が出されていたらしい。

街道で盗賊の率いるリザードマンの群れに囲まれてしまい、私はあの時死を覚悟した。

しかし、アル様によって奇跡的に助けていただいたのである。

そして魔狼の皮は手に入れられず、王太子の依頼は達成できなかったが、手押しポンプという珍しい発明に出会えた。

手押しポンプの販売権についてアル様と契約を交わした私は、すぐさま王都に戻り、懇意にしている鍛冶師に手押しポンプのことを説明した。それから見本としてもらってきた手押しポンプ、アル様が書いてくれた現在の手押しポンプの課題や注意点のメモを渡し、すぐに試作品を作ってくれるよう頼みこんだ。

鍛冶師は腕はいいものの、普段は無愛想で無口な男だ。

しかし、今回は違った。

こんな技術は今まで見たことがない、製作者は誰か、どうやって思いついたのかなど、根掘り葉掘り聞いてきたのだ。契約上の守秘義務があるからと何も教えなかったが、今までにない反応にこちらが驚いた。私には詳しいことなど分からないが、本当にすごい技術で作られたものなのだと実感した。

その後、最初に完成した手押しポンプは、私の商会の井戸に設置した。しばらく使って問題がないか確認したが、どこにも不具合は出なかった。

耐久性も保証すると鍛冶師が言っていたので、早速量産してもらうように依頼を出した。

すると、鍛冶師は手押しポンプという新しい装置にすっかり魅せられたようで、張りきって作ってくれた。

一週間ほどで二台目が完成し、再び検品して問題がないことを確認した。

量産することができ、商会の商品として扱うことができると確信した私は、王城に手紙を送った。手押しポンプの安全性や利便性を書き連ね、この発明をまずは陛下に献上したいという内容だ。

手紙を書いて商品をアピールすることで、王城からお呼びがかかったことは何度かあったが、今回の反応は今までと全く違うものだった。

普通なら早くても一ヵ月近く経ってからようやく返事がくるところを、たったの三日で呼び出されたのだ。

これほど目新しく、便利なものであれば、誰であっても興味を惹かれるのだと実感した。

私はなんという幸運に恵まれたのだろうか。この商談がうまくいけば商会は持ち直すことができるだろう。

快く契約してくれたアル様には、感謝してもしきれない。


王城に手押しポンプを献上する日がやって来た。

王城に出向いて、私は更に驚いた。

なんと王様が直々に商品を見てくださるというのだ。通常なら王城の備品を管理する事務方か、会えても大臣くらいのものだ。

謁見の間に通されると、王様から言葉をいただいた。

「よく来たな、マシューよ。おもしろいからくりの道具を儂《わし》にくれるらしいな。早速、どんなものか見せてくれ」

実際に王様に対面するとさすがに緊張したものの、私は自信を持って説明を始めた。

「はい、今日お持ちしたのは手押しポンプという新しい道具でございます。こちらのハンドルを上下に動かすと、井戸の中から水を汲み上げることができ、簡単にたくさんの水を使うことができます」

しかしそれを遮るようにして王様が言う。

「説明はよい、早く動かすところが見たい」

その後、私は王様と共に王城の庭へ行き、実際に井戸に手押しポンプを設置してみせることになった。

急かされようから、王様がこの装置に興味津々なのが伝わってきた。

庭の井戸の周りにはすでに大勢の人が集まっていた。手押しポンプのことは城中に広まっていたようで、使用人たちだけでなく、大臣や貴族、果ては王族までもが人だかりを作っている。

そして全員が物珍しそうな様子で、手押しポンプが動くのを今か今かと待っている。

困っていたのは連れてきた鍛冶師だ。

王城の井戸に手押しポンプを設置してほしいという話しかしていないので、人々に囲まれて困惑しているのが見て取れた。

すまない、私もここまでに騒ぎになるとは思わなかったのだ……そう、心の中で謝っておいた。

鍛冶師の腕はさすがで、一時間たらずで設置が終わった。

私は井戸に近付くと、詰めかけた人々に向けて手押しポンプの説明を始める。

「こちらは手押しポンプという新しい装置です。まずは装置の上部に水を注ぎ、ハンドルを何度か上下に動かします。するとハンドルが徐々に重くなりますが、これは装置が水を汲み上げているという証拠です」

私は実際に装置を動かしていく。そのうち手ごたえがあり、水が出てきそうだと感じた。

私は見ている人々に向かって、高らかに告げる。

「ご覧ください、こちらの管から水が出てまいります」

その宣言通り、勢いよく水が出始めた。

それからもハンドルを動かすたびに、たっぷりとした水量でジャーッ、ジャーッと水が流れ出てくる。

観衆がどよめき、様々な声が聞こえてきた。

「水があんなに勢いよく出るものなのか！　これなら水汲みが楽になる」

「井戸の穴を塞いだままで使えるとは、なんと便利なんだ」

「これならゴミやら動物やらが水の中に入ってしまうことも減るぞ」

うまくいったことに、ひとまず安堵した。

身分にかかわらず、この場の誰もが口々に「素晴らしい装置だ」と褒めているのが分かった。

王様からも言葉をいただいた。

「マシューよ。確かに見事なからくりだ。皆で大切に使わせてもらおう。これで、城の使用人たちの仕事も楽になるであろう」

すると、今度は王様に対して人々が声をあげ始める。

「王様は働く者たちのことまで考えてくださる名君だ」

「王様、万歳！」

「王様、ありがとうございます！」

王様は手を振って、その歓声に応える。

そして信じられないことを私に告げる。

「マシューよ、これほどのものを献上してくれたからには、お前に褒美を取らさねばならぬな。しかし、この素晴らしい装置に対して、与えるのが金銭では味気ない……よって、お前を城の御用商人の一人としよう。皆も異論はないであろうな？」

集まっていた人々がどよめく。

御用商人を任命するのは、普通は各部門の大臣だ。王様が直々に認めることなど異例のことだった。

「こんなことは今まで聞いたことがない」という囁《ささや》きが聞こえてきた。

私は思わず涙していた。

手押しポンプという装置一つで、潰れかけていたマシュー商会が息を吹き返したのだ。

私は王様に対して深く頭を下げた。

その後も王様は上機嫌で自ら手押しポンプのハンドルを動かし、見物人の歓声を独り占めにしていた。


こうして私は、鍛冶師や店の者たちと共に商会へ戻った。

まだ夢の中にいるような気分だった。

嬉しさがこみ上げると同時に、緊張していたのかドッと疲れが出て、私は椅子に座りこんだ。

アル様、すごいことになりましたよ……そう心の中で報告した。

けれど、そこからは更にすごいことが起き始めた。

なんと王城から帰ったその日のうちに、手押しポンプを売ってくれるようにという注文が殺到したのだ。売り値すら伝えていないにもかかわらずだ。

私は慌てて計算を始めた。利益を考えれば売り値は金貨一枚か二枚が妥当といったところだろう。考え抜いた結果、私は金貨二枚という高い方の値で売ることにした。

そう決めたのには、色々と理由がある。

手押しポンプは今のところマシュー商会の独占商品であり、高値でも需要が見こめるから。

そしてせっかく王様から御用商人にしていただいたので、権威のある商品として取引すれば、商会の名声も高まるはずだと考えたためでもある。また、資金を調達し、手押しポンプに更に改良を加えて、量産化の研究を進めたかったというのもある。それから商会を立て直してくださったアル様に、たくさん取り分をお支払いしたいという気持ちも大きかった。

とにかく高値をつけた分、お客様にはこれから何かしらの形で還元できるようにしようと心に決め、手押しポンプの販売が始まった。

最初の注文はほとんど貴族からのものだった。それでも金額に驚かれたが、最終的には購入すると言ってもらうことができた。

商会まで自らやって来る貴族も多く、それがほかの商談にもつながった。こうしてマシュー商会の評判が広まっていき、嫌がらせで取引ができなくなっていた顧客や卸業者とも関係を改善することができた。

マシュー商会は今までにないほどの大忙しとなったが、みんなが嬉しい悲鳴をあげている。何しろ、どれだけ作っても追いつかないほど商品が売れるのだ。今までどんなに努力しても、こんなことは考えられなかった。

リザードマンに襲われた時は、志半ばで死ぬとばかり思っていたのに、アル様のおかげで全てがうまくいき始めた。このご恩は、一生かけても返しきれそうにない。

□　□　□

手押しポンプ設置のお祝いのあと、俺——アルフレッドは改めてマシューさんとお話をすることになった。

二人きりになった途端、マシューさんは深々と頭を下げてきた。

「お時間を取っていただき、ありがとうございます」

俺はマシューさんの丁寧な態度にドギマギしてしまう。

「そんな、こちらこそありがとうございます。手押しポンプをあんなにたくさんもらえるなんて思いませんでした。村のみんなで大切に使わせていただきます」

「とんでもない。手押しポンプを再度設置するというのは契約のうちです。アル様に感謝いただくなんてもったいないですよ」

そんなにかしこまられると、俺も恐縮してしまうな。

マシューさんは、早速といった調子で手押しポンプの売れ行きの話に移る。

「まず売り値は一台が金貨二枚と決まりました。すでに二百台注文がありますが、まだまだ途切れる様子はなく、生産が全く追いついておりません。よってこちらについては、売り上げ金が集まり次第改めてお届させてください。金貨四百枚のうち三割ですから、手始めに百二十枚がアル様にお納めいただく分です」

「金貨、百二十枚……ってつまり、一億二千万クロン⁉」

「さようでございます。まだまだ少なくて申し訳ございません」

俺はフリーズしてしまった。そんな大金、今まで見たことない。一体何に使えばいいんだろう。

えっと、クッキーなら一枚四十クロンだから、三百万枚買えるな。つまり、サーシャが毎日十枚食べたとしても、八百年はいける。転生十回分くらいのクッキー……サーシャ、喜ぶかな？

頭の中に、クッキーの山の上でキャッキャとはしゃいでいるサーシャの姿が浮かぶ。

ダメだ、想像したらよりわけが分からなくなった。しかもまだまだ少ないって、一体どういうことなんだろう。これ以上クッキーを買ったら、さすがのサーシャでも食べきれませんよ。

パニックになっている俺をよそに、マシューさんはテキパキと話を進める。

「次に魔狼の魔石ですが、こちらは金貨二枚で売れました。持参しておりますので、お受け取りください」

「ありがとうございます。売ってもらえて助かりました。とても高く売れたのですね」

そう言って、マシューさんから金貨を受け取る。

そうだよ、これが現実的な大金だよ……と思いかけてやっぱりおかしいことに気付いた。

金貨二枚でも二百万クロンだ。これって村の大人が年に稼ぐ金額よりも多いんじゃないか？

なんだか頭がクラクラする。ひとまずこのお金はお母様に渡して、家計にまわしていただこうと心の中で決めた。

ところで、こんなに高値で売れることもある魔石って、結局なんなんだろう。今のところ俺にとっての魔石は、魔物から出てくる謎の石でしかない。

せっかくなので、尋ねてみることにした。

「あの、マシューさん。魔石って何に使うものなんですか？」

「魔道具《まどうぐ》を動かす燃料にするのですよ。灯りとなる魔道具や、火を点ける魔道具の燃料として需要がありますね。変わったところでは、魔法師の杖の触媒《しょくばい》ともなるそうです。魔狼の魔石は、魔法師の杖に使われると聞きましたよ」

へー、そうだったのか。でもこの村には魔道具なんてないしな……

そう思って俺は、自分の部屋にしまっておいたゴブリンの魔石を取ってきた。

マシューさんに見せると、想像以上に驚かれた。

「どうされたのですか⁉　こんなにたくさん……」

「実は先日、村を襲ってきたゴブリンを退治したんです。手押しポンプも魔狼の魔石も、まさかこれほどまとまったお金になるとは思わなくて……これもマシューさんのおかげです。いくらになるかは分かりませんが、よかったら手数料代わりにもらってください。百個くらいあるので」

「いえ、助けられたのは私の方で……ではなく！　アル様、百個というのは一体どういうことですか⁉」

予想外にマシューさんに食いつかれてしまい、首を傾げつつも答える。

「えっと、僕が倒しました」

□□□

アル様に百個もの魔石を見せられて、腰を抜かしてしまった私――マシュー。

ゴブリンの魔石の値はあまり高くない、百個でも約二十万クロンほどだと思う。しかし、お金の問題ではない。

ゴブリン百匹に襲われたら、護衛が十人いてもひとたまりもない。しかし、アル様はそれを一人で倒してしまったらしい。その証拠がこの魔石なのだ。

今日この村にやって来た時も、ずいぶん驚かされた。以前訪れた時と同じ村なのか疑いたくなるほど、設備が整っていたのだ。

村の周囲には柵が張り巡らされ、猪の罠が仕かけてあった。水車に風車、用水路まで整備されている。水車小屋の中には見たこともない仕かけがあり、麦の精製を行っていた。

私はこれらの設備もすぐに、手押しポンプと同じような専売契約を結んだ。

ほかにも何かアイディアがあるのかお尋ねしたところ、アル様はブツブツと独り言を口にしながら悩んでおられた。きっと、ありすぎて悩んでいるのだろう……

私はアル様のあまりに多才ぶりに、この村に別宅を作ろうかと一瞬考えた。次の瞬間、もっといいことを思いつく。そういえばアル様は三男。ならば、家は継がないはずだ。

「……私の商会に来ていただけませんか?」

つい心の声を口に出してしまった。

「マシューさん、大丈夫ですか?」

アル様は困惑された様子だ……いかん、私としたことが完全にトリップしていた。

とにかく、これからもアル様のとの関係は大切にしていこう。

アル様に協力していただければ、商会はこれからも繁栄を約束されたようなものだ。

15 お父様と、第三騎士団

早いもので、一月も残すところあとわずかとなった。学校の休みが終わるので、カイルお兄様とクロードお兄様は町に戻ることになる。

二ケ月しか一緒にいられなかったけど、お兄様たちがいなくなるのはさみしい。

しんみりしている俺――アルフレッドをよそに、みんなはそれぞれ別れの挨拶を交わしている。

「お父様、お母様、おかげでオレはいよいよ騎士見習いになります」

そう切り出したのはカイルお兄様だ。

カイルお兄様は表情を引き締め、お父様たちに告げる。

「お父様のような立派な騎士になって、この村に戻ってこられるよう頑張ります」

そうか、カイルお兄様はもう学校を卒業するのだ。

長男だから当たり前なんだけど、カイルお兄様がうちの兄弟の中で一番先に社会に出るわけだ。

兄弟といえど、カイルお兄様はもう大人なのだなぁ……そう思うと、なぜかしんみり気分が更に加速した。

お父様とお母様も、感慨深げな眼差しでカイルお兄様を見つめている。

「立派に成長してくれて、俺も鼻が高いぞ」

「いつか村を守ってくれる日がくるのを楽しみにしているわね」

カイルお兄様は、その言葉に力強く頷いていた。

一方、クロードお兄様は黙ったままだ。ムスッとした表情で、口をつぐんでいる。

お母様がかがみこんで、クロードお兄様に声をかける。

「あら、クロード。どうしたの？　まだ町に帰りたくないの？」

するとクロードお兄様は、パッと顔を上げた。

「ボクだって、カイルお兄様やアルに負けないよう一生懸命勉強します！　そして早く家族の役に立てるように頑張ります！」

見ると、クロードお兄様は少し涙目になっていた。

お母様とお父様は、そんなクロードお兄様をハグする。

「もちろんよ、私たちみんなで応援していますからね」

「クロードが見習い試験を受けるのは三年後か……頑張れよ。村から見守っているからな」

俺はというと……なぜかボロボロと泣いていた。六才児の涙腺のゆるさがここにきて発動したようだ。

俺の泣き顔を見て、カイルお兄様とクロードお兄様は呆れた声を出す。

「おい、なんでアルが泣くんだ」

「そうですよ、アルはずっと家にいるくせに」

二人の言葉を聞いて、お父様たちが笑い出した。それにつられるように、お兄様たちも笑顔になる。

家族の温かい雰囲気に、俺は泣きながらも嬉しい気持ちでいっぱいだった。

なんていい家族なのだろう。こんな家族を持てて幸せだ。

俺が幸せに浸っていると、突然舌足らずの大きな声が響きわたった。

「サーシャもいっぱい、いーーーっぱい応援するのです！」

サーシャなりの精一杯のお別れの言葉らしい。

サーシャのあまりの可愛さに、カイルお兄様もクロードお兄様もメロメロのメロだ。ついでに俺もデレデレのデレだ。

そして、ついに出発の時間がやって来た。

「それでは、いってきます」

お兄様たちが言うと、お母様が微笑みながら手を振る。

「いってらっしゃい。元気でね」

「カイルとクロードを頼んだぞ」

お父様の言葉に、御者台のローグさんが応える。

「任せてください、ジェイ様」

こうして家族に見守られながら、荷馬車が村を去っていった。

俺は馬車が見えなくなるまで、大きく手を振り続けたのだった。


それから数日後――町の役所から数名の騎士が村にやって来た。

お父様が送った調査依頼の手紙が町に届き、ゴブリンの一件を確認するために来たとのことだった。これでようやく迷宮の位置が分かりそうだ。

けれど町の騎士たちは、ゴブリンの迷宮よりもほかのことに重きを置いているみたいだ。

「百匹のゴブリンに襲われたというのに、こんな辺境の騎士一人でどうやって対処したんだ？」

騎士たちがしきりにお父様に尋ねているのが聞こえてきた。

お父様は村の設備を見せ、柵や門を整備していたおかげで自分と村人だけで十分退治できたのだと答える。町の騎士たちはいまいち納得できない様子だった。

そんなことより、ゴブリンの迷宮は調査してくれないんですか……？

俺はツッコミを入れたい気持ちを抑えつつ、騎士たちの話に聞き耳を立てる。

どうもあまりにも村に被害がないので、迷宮の存在自体を疑っているらしい。

お、おい！　役立たずか!?

ハッ……思わず心の中で悪口を言ってしまった。しかし村の設備を整えたことが、まさかこんなところで裏目に出るなんて……誤算だった。

マシューさんにあげてしまったゴブリンの魔石だけど、取っておくか、手紙と一緒に役所に送りつけるかすべきだったのかもしれない。それでも信じてもらえたかは謎だけど。

結局、特に迷宮の調査はしないまま、町の騎士たちは帰っていってしまった。しかし帰りがけに、王都にも報告書を送ると話していた。

ゴブリン百匹というのは大規模な襲撃であり、本当なら今すぐ調査団を派遣する必要がある。どのみち町の役所の手には負えないので、王都の騎士団に調査してもらおうと決めたようだ。

俺はホッと胸を撫でおろした。

さすがに王都の騎士団なら、すぐに迷宮を見つけてくれるに違いない。

その後しばらくして、村に手紙が届いた。王都にある騎士団の中うちの一つ、第三騎士団が調査に来ることになったという。

それからというもの、お父様がなんだかソワソワしている気がする。

王都の騎士団といえばエリートなので、緊張しているんだろうか。


更に六日がほどが過ぎた頃――大勢の騎士がこちらに向かってきていると、村の人が知らせてくれた。きっと第三騎士団の人たちに違いない。

村はぐるっと柵で囲まれているので、入ってもらうには門を開けて中へ案内する必要がある。

村の代表として、お父様が騎士団を迎えることになった。

王都の騎士団がどういうものか興味があったので、俺もついていく。

村の西側に向かうと、確かにたくさんの騎士の姿が見えた。

門を開き、落とし穴に板を渡すと、先頭にいた騎士さんが馬を引いて歩いてきた。多分この人が第三騎士団の代表だろう。

騎士さんは村の中に入ってくるなり、お父様をじっと見つめた。

そのまま、ポカンとしたような顔で黙っている。

んっ⁉　どうしたんだろう……

俺が不思議に思って二人の顔を見比べていると、騎士さんが慌てて口にする。

「あっ、えっと……どもども～、第三騎士団、第一隊隊長のオズワルド・シュミットです」

えっ……チャラい。期待してたのと全然違う。

お父様も無言のままだ。さすがに引いているのだろうか。

オズワルドさんはこちらの様子にはお構いなしで、挨拶を続ける。

「そちらはジェイミ……じゃなくて！　ジェイ・ハイルーンさんですよね？」

……？　何をアタフタしてるんだろう、この人。

お父様を横目でチラチラ窺ってみるが、ずっと無表情のままだ。

「いやー、お久しぶりです……あっ、じゃなくて、初めましてでした」

ん……!?　オズワルドさんがまた妙な発言をした。この人、お父様と知り合いなのか？

と思った瞬間――いきなりお父様がオズワルドさんを肘《ひじ》で小突いた。

俺がギョッとしていると、オズワルドさんは気に留めた様子もなく「アハハ！」と笑い声をあげる。そして何事もなかったかのように、騎士団の人たちを誘導し始めた。

「じゃ、早速ですけどお邪魔しま～す……よし、お前ら進め！　列乱すな！」

俺は呆気に取られたまま、オズワルドさんとお父様を交互に見つめていた。


最初はどうなることかと思ったけど、第三騎士団のほかの騎士さんは、ごく普通の人たちだった。

村にやって来たのは、第三騎士団五百人のうちの三十名。オズワルドさんを足すと三十一名だ。

ロプト村には宿なんてない。なので、うちの庭に簡易テントを設営して、調査が終わるまでの拠点にするらしい。うちの庭はみるみるうちにテントで埋まった。

乗ってきた馬と、荷物を積んできた馬車は、村の中で分散して預かってもらうことになったようだ。

滞在期間は一週間で、何も発見できなくても王都に帰る予定だという。

……みんな、なんでそんなに迷宮の調査がイヤなの⁉

ゴブリンと必死に戦った身としては、どうしても迷宮を見つけてもらわないと不安でしょうがないんだが……そう思って騎士団の調査に同行したいとお父様に訴えたけど、許可してもらえなかった。

お父様が言うには、王都の騎士団に俺の魔法や武術を知られたくないのだそうだ。

不服だけど、お父様が言うならしょうがない。同行は諦めることにした。

次の日から、早速騎士団による森の調査が始まった。

初日の調査には、お父様も立ち会いに向かわれた。

お父様によると、騎士さんたちは十人一組となり、ローグさんたちも案内に協力するそうだ。

一日三時間ほど調査し、何かあったら笛で連絡するという手はずになっていると教えてもらった。

こうして第三騎士団の騎士さんたちはみんな森で働き始めた、はずだったのだが……

あの、オズワルドさん。あなたはなぜうちの庭にいるのですか？　森で騎士さんたちからの報告を待つのが普通ではないのですか？

俺は直接質問する代わりに、できるだけジトッとした目で見つめる。

しかしオズワルドさんは、ちっとも応えていないようだ。

この人、本当に騎士団の人なのかな？　たくさん部下の人を率いてやって来たんだから、そこは間違いないはずなのに、それでも信じられないくらい怪しい。

「ねえねえ」

急に声をかけられて、俺はビクッとしてしまった。

とりあえず、声をかける時に「ねえねえ」はやめてもらいたい。

俺にはちゃんとアルフレッドという名前があるのだ。

「あの、僕はアルフレッドです」

名乗ったものの、オズワルドさんはこっちを見向きもしない。

代わりに庭で遊んでいるサーシャに目線を向けている。

「ああ、アル君ね。ところであの子、可愛いね～。君の妹？」

こいつ、もしかしてそういう趣味なのか？　もしそうなら許さないぞ。

俺がこっそり魔法を放つ準備を整えていると、妙なことを言ってきた。

「いや～それにしても珍しいよね。ピンクの髪の毛なんて。もしかして、君のお母さんもピンクの髪の毛だったりして」

え？　なんでそのことを知ってるんだ？

ふいをつかれて黙っていると、背後からドスのきいた声がした。

「……おい、コラ」

驚いて振り返ると、声の正体はお父様だった。

お父様、どうされたんですか？　キャラが違いますよ⁉

このチャラ男……いや、オズワルドさんに腹を立てているにしても、殺気に満ちすぎです。

だがお父様に威嚇されたというのに、当のオズワルドさんは平気な様子だ。

「アッハハ～、いやいや、ちょっと聞いてみただけですって。ねっ、副隊長」

……副隊長？　俺はキョトンとした。

副隊長って、お父様のことか？　いや、でもお父様はただの村の騎士だ。しかも村に一人の騎士だから、隊とか組めない。隊長でも副隊長でもないはずだ。

頭の中が「？」でいっぱいになり、お父様に聞いてみる。

「あの、副隊長ってどういうことですか？」

するとお父様は、口ごもりながらも答えてくれた。

「……アル。俺は昔、王都の第三騎士団の副隊長をしていたんだ。かれこれ十数年前になる。その時の部下だったのがコイツだ」

なるほど、オズワルドさんがお父様に妙になれなれしいのはそれが原因だったんだ。

なんか、それだけじゃない気もするのでひっかかりが残るけど……

それにしても、お父様が王都の騎士団にいたなんて初耳だ。

「すごいエリートだったんですね、お父様」

「そうだな……」

しばらく、沈黙が続いた。

気まずい……だけどこの際なので、俺は単刀直入に疑問をぶつけてみた。

「王都の騎士だったのに、どうして辺境の村の騎士になられたんですか？」

「いや〜、俺もそれ、すごく興味あります。偶然とはいえせっかく再会できたんだから、教えてくださいよ」

ニコニコしながら口を挟んできたオズワルドさんを、お父様がギロッと睨んだ。

結局お父様は何も答えてくれず、この話はそこで終わりになった。


翌日も、その翌日も、オズワルドさんは森に行く気配がなかった。

その代わりうちの庭や、村の中でウロウロしている。

俺も最初は森の様子の方がずっと気がかりだったのに、気付いたらオズワルドさんの動向を見張るのがメインになっていた。だって、いくらお父様の知り合いとはいえ怪しすぎる。目的が何なのかも、さっぱり分からないし……

その日もオズワルドさんにくっついて村を歩いていると、急に話しかけてきた。

「アル君。この村のこと、何か知ってる？」

「村のことというと……何をでしょうか？」

本当に何を聞かれているのか分からなくて、我ながらマヌケな返事をしてしまった。

オズワルドさんの表情を窺うが、いまいち考えが読めない。

「そうだね～、この村ってアル君が生まれた時からこんな状態なの？」

オズワルドさんの目線の先には水路や水車、風車があった。

「ってうのもさ～、おじさんは騎士として色んな町や村に派遣されたけど、こんなに小さな村にしちゃ、立派すぎる設備が揃ってるなと思って。一体なんでなのか、不思議で仕方なくてさ～」

唐突な追及に、俺はつい怯《ひる》んでしまった。

オズワルドさんはニコニコした表情を崩さずに尋ねてくる。

「今まで見てて思ったんだけど、アル君って村の人からものすごく信頼されてるんだね。何か知ってるかな～、なんて」

ゲッ……この人、意外と鋭いぞ。

もしかして、俺が村に色々やったことに気付いているんだろうか。ただの怪しいチャラ男だと思って、油断してしまった。

どう対応したものか迷っていると、背後から恐ろしい気配を感じた。

「うわっ、副隊長……」

オズワルドさんの言葉につられるようにして振り向くと、そこにはお父様が立っていた。

お父様、いつからついてきていたんですか？　今まで全然気付かなかった。

「オズワルド……今からアルと勝負しろ。お前の疑問には、アルに勝てたら答えてやる」

お父様の言葉に何か言いかけたオズワルドさんだったが、お父様の怒りのオーラに呑まれたようですごすごと引き下がった。


それから俺とオズワルドさんは、お父様により強制的にうちの庭に連行された。

お父様が俺に練習用の木剣を渡してくる。

「いけ、アル。叩きのめせ」

お父様、物騒ですよ！

こうしてなりゆきにより、いきなりオズワルドさんと立ちあうことになってしまった。

オズワルドさんも俺と同じ木剣を手にしている。その途端、雰囲気が変わった。

さっきまでのゆるい態度が信じられないような隙のない構えで、表情も真剣そのものだ。

これは俺も気合いを入れないと危ないかな……？

まずは軽く打ち合うと、オズワルドさんが俺の剣を自分の剣で滑らせ、受け流してきた。

あれ、お父様と同じ流派みたいだ。

俺はお父様と手合わせした時と同じように、流された勢いを利用し、身体を回転させながら打ちこむ。しかしギリギリ剣で合わせられ、それも流されてしまった。

さすが現役の騎士なだけある。お父様より強いかもしれない。

では、もう少し本気でいかせていただきます。

先ほどと同じ軌道の打ちこみと見せかけてから、体を沈ませ、すねを狙う……と見せかけて、こっち！

ペシッと音がして、俺の剣がオズワルドさんの手首を叩く。

今度は膝を狙って、体勢を崩してから……と思っていると、慌てた声がした。

「ちょっ、アル君、ストップストップ！　おじさん降参する！」

え？　せっかく楽しくなってきたところだったのに……

見ると、オズワルドさんの手が震えている。さっき手首を打ったのが効いたみたいだ。

オズワルドさんはそのまま剣を取り落とすと、放心したように座りこんでしまった。

お父様はオズワルドさんを見て、どこか満足げにされている。どうやら一泡吹かせられたのが嬉しいようだ。

「今ので分かったと思うが、アルは俺よりも強い。それに頭もきれる。村の整備をあれこれやったのも全部アルだ」

「は……？　え!?　マジですか……」

オズワルドさんは頭の整理がつかないようで、地面に座ったまま呆然としている。

お父様は追い打ちのように、容赦なく言い放つ。

「オズワルド、まだ納得できていないようだな。アル、次は魔法を使っていいぞ」

「ま、魔法も使えんの……!? いや、もういいです！ 分かりました！ カンペキ納得です！」

オズワルドさんは大きくため息を吐く。

「あーあ。副隊長が一生懸命色々隠してるみたいだから、なんかおもしろい話が出てくると思ったのになあ……完全にヤブヘビでしたね。アル君がこんなバケモノだったなんて」

「そんな……僕はバケモノではありませんよ」

俺はいちおう弁解しておいた……ただ、ちょっとチート持ちっぽいだけです。

オズワルドさんは俺に恨めしげな顔を向けつつ、痛そうに手首をさすっている。

オズワルドさんには振りまわされてきたので、実は俺もちょっとだけスカッとしてしまったのはナイショだ。ごめんなさい、オズワルドさん。

オズワルドさんは座ったまま考えを巡らせている様子だったが……ふいに立ち上がると、服についた土を払った。

「ま、でも、これで俺の調査は終わりました。あーあ、もう帰っちゃおうかな」

オズワルドさんが急に言い出すので、俺はギョッとした。

迷宮の調査、済んでなくないですか!?

お父様も、オズワルドさんの態度に呆れた様子だ。

「お前……結局何を調査していたんだ」

「いや〜、だってありえないじゃないっすか。この村には騎士一人しかいないのに、ゴブリン百匹も相手にして被害ゼロって。実際は何が起きてたか調べてこいって、団長直々のお達しだったんですよ」

俺とお父様は顔を見合わせた。

小さな村の出来事だし、隠し通せているものだとばかり思っていた。だけど、おかしいと気付く人はいるものなんだな。

「でも、分かりました。全部アル君のお手柄だったってことっすね。ゴブリン百匹も、俺みたいにコテンパンにされたと」

おちゃらけた調子のオズワルドさんに、お父様は険しい顔を向ける。

「おい、オズワルド。このことは……」

「分かってますよ〜。こんなこと報告書に書いても誰も信じませんって。適当に誤魔化します」

「当たり前だ。お前にチョロチョロされるのが鬱陶《うっとう》しくて教えただけだ。報告は絶対にやめろ」

お父様に念を押されて、オズワルドさんはむくれていた。

元は同じ騎士団の戦友だったからだろうか。オズワルドさんとお父様は仲よしのようだ。

それはともかくとして……俺としては帰られると困る。

迷宮調査については、もう少し食い下がってみよう。

「迷宮の調査はどうするんですか？　見つからないとみんな不安でしょうし、困るのですが……」

オズワルドさんは少し考えるような様子を見せたあと、お父様に尋ねる。

「副隊長、ぶっちゃけ迷宮のことどう思います？　また大量にゴブリンが湧き出ると思います？」

「これだけ静かになった以上、普通はありえん。前回で狩り尽くせたんだろう」

「ですよね～……まあ、たまにはゴブリンが出てくるかもですが、数匹程度だったらこの村なら余裕でしょうね。ということでアル君、迷宮調査は町の騎士に頼んどくから、気長に見つけてもらえばいいよ」

お父様は何も言わなかったが、オズワルドさんと同じ意見のようだった。

しかし、俺は嫌な予感を消せないでいた。

なんというか……これで終わりとは思えないのだ。魔狼に、ゴブリンに、迷宮。今まで平和だったはずの森から、突然村に危害を与えるものが出現してきた。

きちんと原因を突き止めないと、また危ないことが起きる気がする。

俺の戦力が報告されないので構わない……というお父様の許可をもらえたので、翌日から森を調査してみることに決めた。

□　□　□

ゴブリンの迷宮の調査が始まってから、四日目になった。

森を調査する騎士たち間には、締まりのない雰囲気が漂い始めていた。

今までの三日間では、拍子抜けするほど何もなかったからだ。

森ではゴブリンどころか、動物にさえ出会わなかった。案内の村人は「大勢の人間がいるから、野生動物が警戒しているのだろう」と言っていたが、張りあいが感じられなかった。

騎士団は三班に分かれて行動している。緊急時の合図のために笛を携帯しているが、使うことはなさそうだと誰もが思っていた。

今回の騎士団の目的は森を調査して迷宮を発見すること、可能であれば中を確認することだ。ただし同時に、危険と判断した場合はすぐに撤退するようにとの命令も出ている。

王都の騎士団は任務として、様々な村や町に派遣される。魔物から拠点の死守を命じられることもよくあった。しかし今回は撤退が許されている——つまり逃げていいのだから、気持ちが楽だ。

そんな事情が、騎士たちから緊張感を奪っていた。


今日も成果のないまま時間が過ぎて、あと一時間ほどで撤収時間というところになった。

今日がちょうど、調査の折り返し地点にあたる。

騎士の一人が声をあげた。

「この村なら、少しくらいゴブリンが出てきても大丈夫じゃないか？」

別の騎士が、笑いながら応える。

「ああ、柵や門がかなり頑丈に作られているからな」

騎士の一人であるオリバーも、内心それに頷きながら進んだ。

オリバーたちのいるところには、背の高い雑草が茂っていた。おそらく二メートルはあるだろう
それを、剣でなぎ払う。

オリバーはふと疑問に思った。

(なんで、こんなに草が育っているんだ?)

ここは森の中でも木が密集し、日の光もほとんどさしていないような場所だった。

にもかかわらず、雑草がこんなに大きくなるというのは不自然な気がした。

その瞬間——グサッという嫌な音がした。

一瞬遅れて、焼けるような痛みが体を襲う。

見ると、革鎧を貫いて、剣が腹に突き刺さっている。

剣を刺した相手は、不気味な声をあげながら草むらの中を素早く逃げていった。

逃げていったのは、ゴブリンだった。

雑草は自生したものではない。こうして待ち伏せに利用するため、意図的に育てられたものに違いなかった。

オリバーは立っていることができなくなり、思わず地面に倒れた。

微かながらも、精一杯の声を出す。

「ゴブリンだ……ゴブリンが隠れているぞ……！」

しかし仲間は近くにいるはずなのに、誰もオリバーの声に気付く様子はなかった。

オリバーは震える手で合図のための笛をたぐり寄せ、口元に持っていく。

あまり大きな音は出せないが「ピー、ピー」という音が森の中に響いた。


「オリバー、どうしたんだ⁉」

笛の音を聞きつけてやって来た騎士は、オリバーの姿を見てギョッとした。

なんと剣が腹から刺さり、背中まで突き抜けているのだ。

「まさか、ゴブリンにやられたのか⁉」

騎士が尋ねると、オリバーが微かに頷いた。

「オリバー、しっかりしろ」

そう声をかけるが、出血がひどすぎる。今の時点で、かなり危険な状態であることが見て取れた。

騎士は大きな音で笛を吹き鳴らした。

(誰か、早く来てくれ、オリバーがやられた)

必死に吹き続けると、ようやく仲間の騎士が集まってきた。

急いで森から運び出そうと言う者もいたが、動かすと危険だと言う者もいた。

オズワルド隊長に先に伝えに行くべきだと言う者もいて、場は一気に混乱してしまった。

そうしているうちにも、オリバーの体からはどんどん血が流れ出ていた。

□□□

一人で森の中を探索していた俺——アルフレッドの耳に、笛の音が聞こえた。

ついにゴブリンの迷宮が見つかったのだろうか？　そう思って大急ぎで音の方へ駆けつけた。

見ると、騎士さんたちが集まってうろたえていた。

俺は慌てて声をかける。

「一体どうしたんですか⁉」

すると、せっぱつまった様子で騎士さんたちが訴えてくる。

「ゴブリンだ、ゴブリンが出た！」

「オリバーが死にそうなんだ！　腹から背中へ剣が貫通している。意識もないんだ」

俺は急いでしゃがみこみ、騎士さんたちの中央で倒れていたオリバーさんの様子を見た。

顔色が真っ白で、血の気がない。倒れている場所の土は、出血で濃い色に染まっていた。

今度は、刺された傷を確認する。

大きな剣で刺されたわけではなさそうだが、出血がひどすぎる。それに、この位置だと内臓が傷ついているかもしれない。場所が場所だけにコバックさんの時より事態は深刻だ。

俺のヒールで救えるのか、一瞬不安で逃げたくなる。けど騎士さんたちは、ロプト村のためにやって来てくれたんだ。望みを捨てずに、なんとか助けてあげたい。

俺は周りの騎士さんたちにお願いする。

「僕が治療するので、オリバーさんに呼びかけ続けてください」

すると、騎士さんたちはすぐに声をあげ始めた。

「オリバー、頑張れ！」

「ゴブリンなんかにやられて、死ぬんじゃない！」

オリバーさんのまぶたがピクッと動いた。

ぐったりはしているけど、完全に意識がなくなっているわけじゃなさそうだ。

よし！　俺も頑張らないと……！

治療するために、まずは刺さっている剣を抜くことにした。

こういう時って、無理に抜くと出血が更にひどくなったり、内臓が傷つくからやめろっていうよな……でも剣が体のどこを通っているか調べる手段もないし、引き抜かないと治療もできないのだから、どうしようもない。

ほかの騎士さん数人に手伝ってもらい、オリバーさんの上半身を静かに、ゆっくりと起こさせる。

これは傷を心臓より下にして、出血を少なくするためだ。

それから傷の周囲をしっかり圧迫して、少しでも止血の効果が高まるようにしてもらう。

あとは、とにかく剣を動かさないように、そろそろと体から引き抜いていく。この作業が一番怖くてしんどかったが、なんとか剣を取り除くことができた。

剣がなくなったあとは、大慌てでヒールをかける。

まずは出血しないようイメージして、これ以上血が流れてしまうのを食い止める。

次は、傷の修復だ。お腹の傷口の中を慎重に確認する。

どうやら内臓……というか、大腸の一部が傷ついてしまっているようだ。

これだとお腹の中を洗浄しなければ炎症を起こしてしまうだろう。魔法で水を作り、殺菌のイメージをする。

それから傷を塞ぐイメージをしてヒールをかけるけれど、皮膚の時と違ってうまくくっつけることができなかった。

仕方がないので、俺は最後の手段に出た。

大腸は少しなら切り取っても生きていける……ということで、傷ついた部分を取り除き、残った部分をヒールでくっつけた。

残りは背中とお腹の皮膚の傷にヒールをかける。

背中側の傷は、幸い背骨から外れていた。大事な神経が傷ついたりはしていなかった。

こうして処置を終えてからもヒールをかけ続けると、目に見えていた傷は徐々に塞がっていた。

俺は思わずホッと胸を撫でおろした。

オリバーさんにとって大変だったと思うけど、頑張りすぎて俺も汗だくになっていた。

とにかく、これでなんとか助かるかもしれない。

あとは急いでお母様のところに連れていこう。

俺はほかの騎士さんたちに声をかける。

「これでひとまずは大丈夫だと思います。急いでオリバーさんを村に運んで、僕の母に癒しの魔法をかけてもらってください」

「すまん、助かった」

騎士さんたちはそう応えると、森に落ちていた木の棒と、自分たちの服を使って簡単な担架《たんか》を作り始めた。これで背負ったりするよりは安全に運べるだろう。

癒しの魔法がいまいち理解しきれていないけれど、お母様と俺のヒールは効果がかなり違う。

お母様の癒しの魔法は、仕組みがよく分からない謎仕様。だけどオールマイティーになんにでも効果がある。特に造血のような作用があるみたいで、出血多量の人でも助けられる可能性が高い。

一方の俺は今のような外科手術的なことは得意だけど、血を作ることまではできない。

オリバーさんの治療が一段落したところで、俺はほかの騎士さんたちのことが気になり始めた。

ここにゴブリンが出たのだから、ほかの隊だってゴブリンに襲われている可能性がある。

俺は近くにいる騎士さんに尋ねる。

「このまま森の中にいると危ないと思います。撤退する合図は出せますか？」

騎士さんは頷くと、持っていた笛を「ピッ、ピッ、ピー」と三回鳴らした。

すると応えるように「ピッ、ピッ、ピー」という音が、二方向から聞こえてきた。

しばらくすると、ほかの隊の騎士さん達が走ってやって来た。

俺はその背後を見てギョッとした。

なんと、遠くの方にゴブリンが見えるではないか。すぐに襲ってくる様子はないけれど、追ってきたのは明らかだった。

やっぱりゴブリンは騎士さんたちの存在に気付いていたのだ。

このままでは森の中で襲われてしまう。とにかく早く森を出て、村の柵の内側へ避難しないとまずい。

俺は慌てて大きな声を出す。

「みなさん、村の中へ撤退してください。ゴブリンに気付かれています。ここは僕が食い止めます」

ほかの隊の騎士さんたちは、事情が呑みこめないようで混乱している。

「何を言っているんだ？　子供を置いていけるか！」と声を荒らげる騎士さんもいた。

しかし、オリバーさんと同じ隊の騎士さんたちが取りなしてくれた。

「今は説明している暇はない。ここは、この子の指示に従うんだ」

こうして、騎士さんたちを先に逃がすことができた。

一人残った俺は騎士さんが全員いないことを改めて確認し、ゴブリンがいる後方に向かってウィンドスラッシュを放つ。

少し離れた場所から「ギギ、グゲ、ギャア、グギャ」というゴブリンの悲鳴が聞こえた。

あとは、ウィンドスラッシュを放ちながら俺も後退し、そのまま村を目指そう。

俺がウィンドスラッシュを放つたびに悲鳴が聞こえてくるので、少しはゴブリンの進む速度を遅くできていると思う。

そうして走り続け、やっと木々が途切れ、丘が目に入るような場所まで戻ってきた。

見慣れた景色に安心して、俺は少しペースを落とす。

その時、丘の方から何か白い物体が駆けてきた。

猛スピードでやって来るその物体をよくよく見つめると……なんと、ベスではないか。

こんな危ないところに来ちゃダメだ！

俺はとっさにどうすればいいか分からず、その場で立ち止まってしまった。

するとベスは大きく吠えながら、俺の肩の上を跳び越える。

肩越しに振り返ると、ベスは口に矢をくわえて着地していた。

その更に向こう、森の入り口に目を向けると、なんとゴブリンが弓に矢をつがえ、こちらを狙っている。

ベス……俺が撃たれる寸前に、矢をキャッチして助けてくれたのか！

なんて頼もしいやつなんだ。さすがはチート犬だ！　……って、今は感動している場合じゃなかった。

おかしいだろ、あのゴブリン！　前も戦ったけど、ゴブリンは武器を使わないはずだろ⁉

そうやって驚いている間にも、ゴブリンはもう一本の矢を放とうとしている。

「ベス、危ない！」

俺はベスの前に立ち、弓矢持ちのゴブリンにウィンドスラッシュを放つ。弓矢を射る前に、ゴブリンは倒れた。

「ありがとな、ベス。お前は命の恩人だよ」

本当はゆっくり撫でてあげたいところだが、ここじゃ無理だ。

俺たちは柵の中を目指して、並んで猛ダッシュしたのだった。

16　ゴブリンとの戦い

ベスが助けてくれたおかげで、俺はなんとか柵までたどり着いた。

ベスは持ち前のジャンプ力を駆使して、柵を跳び越して中に入った。俺も身体強化魔法を使い、

ジャンプして柵の内側に戻る。

騎士さんたちが集まっている場所へやって来ると、点呼を行っているところだった。騎士さんたちと一緒に行動していたローグさん、コバックさん、ノルドさんの姿も見える。

どうやら全員が森から戻れたようで、ひと安心だ。

俺はすぐに門の前の穴にかけていた板を取り外し、門からゴブリンが入ってこられないようにした。

その直後——森からわらわらとゴブリンが湧いてくる。

あっという間に数が増え、今確認できるだけで三百匹はいるように思えた。しかも前回目にしたゴブリンと違って、剣や杖などを手にした個体もいる。また、動きも統率が取れているように見えた。なんだか、とても嫌な予感がする。

そう考えてため息を吐いていると、急に背後から声がした。

「うわっ、やば……」

振り返ると、声の主はオズワルドさんだった。お父様も一緒だ。

二人ともゴブリンの数を見て、顔をこわばらせている。

俺が状況を説明しようとすると、お父様に遮られた。

森から脱出した騎士さんの一人が、お父様とオズワルドさんを呼びに来た際に、現状を報告されたそうだ。

お父様もオズワルドさんも険しい顔をしている。

「副隊長、これってもしかして、ゴブリンリーダーとかゴブリンコマンダーもいたりします？」

「いるかもしれないが……それよりもひどい。おそらくゴブリンキングもいるはずだ」

……なんですか、それ？　ゴブリンって種類があるの？

俺が首を傾げていると、オズワルドさんが次のように教えてくれた。

ゴブリンリーダーは騎士団でいう小隊クラスの隊長で、ゴブリンコマンダーはそれらの小隊をまとめて統率する指揮官のことらしい。

ゴブリンキングというのは王様のような存在で、強さはほかのゴブリンと比較にならないという。

それ以外にもゴブリンアーチャーという弓を使う上位種《じょういしゅ》や、ゴブリンメイジという魔法を使う上位種がいるはずだとも教えてもらった。

さっき俺を弓で攻撃してきたのは、ゴブリンアーチャーだったのか……

そのゴブリンアーチャーでさえ結構危なかったのに、あんなのがいっぱいいるってこと？

俺はおそるおそるお父様に聞いてみる。

「……それって、かなりまずくないですか？」

お父様は深刻な顔をして答える。

「ああ……普通のゴブリンだけと戦う場合、騎士一人で五匹を倒せるといわれている。だが、普通のゴブリンだけではなかった場合……」

上位種が存在するとなれば、話は全く別らしい。

お父様によれば上位種の存在によって、普通のゴブリンの戦力まで底上げされるというのだ。

ゴブリンリーダーに率いられると、普通のゴブリンでも二匹相手にするのがやっとになる。

ゴブリンリーダーの更に上位種であるゴブリンコマンダーに率いられると、騎士一人と普通のゴブリン一匹が互角という状態になるらしい。

ゴブリンキングが存在する軍勢では、騎士が複数人でゴブリン一匹と戦わなければならず、しかもよほど戦略を練らないと命の危険まであるということだった。

ええ……？　俺は頭の整理が追いつかない。前のゴブリン退治の時でさえ結構な頑張りが必要だったのに、あれはイージーモードだったということですか……？

呆気に取られていると、オズワルドさんも言う。

「今騎士団で戦えるのは、俺を含めて三十人しかいない。オリバーが死にそうだからさ。この戦力じゃ、無理してゴブリン六十匹、決死の覚悟でも九十匹が限界かな……」

ええーーーっ!?

俺は心の中で思わず叫んでしまった。

ちょっと待ってください。戦闘が本職の騎士さんが戦ってそんなレベルなんですか!?

今、三百匹ほど見えてるけど……あれが三分の一も減らないわけ!?

ゴブリンの軍勢、強すぎる。さすがにショックを受けて、気が遠くなりかけた。

突然、オズワルドさんが笑い声をあげる。

「ハハッ、口に出したらマジでやばいな。ジェイ副隊長、いざとなったら一緒に死んでくれますよね？」

普段の感じでおちゃらけているオズワルドさんだが、笑みが引きつっている。

オズワルドさんと軽口を叩きあっていたお父様も無言になっていた。俺は二人の様子を見て、事態が本当に深刻であると心から理解した。

俺が黙りこんでいると、オズワルドさんが声をかけてくる。

「アル君、助かったよ。君のおかげで、俺の隊は無事に戻ってこられた……特にオリバーのこと、礼を言うよ」

珍しく真面目なトーンで言われて、俺は驚く。

いつもふざけてばかりいるオズワルドさんだが、やはり隊長になるだけのことはある。人を率いる立場だから、部下を思う気持ちは人一倍強いのだろう。

いえいえ、村のために調査に来てくれた騎士さんを死なせるわけにはいきませんから……

そう言いかけた瞬間、オズワルドさんは俺の背中を思いっきり叩いてきた。

「まあ、またすぐ全滅しちゃうかもだけどね！　アハハ!!」

うーん、買いかぶりだったかもしれないな……

この期に及んで笑えない冗談を言うオズワルドさんに、俺は思わず呆れた目線を送ってしまった。でもこんな時にも変わらないチャラさのおかげで、俺は冷静さを取り戻せた気がする。

「あの……全滅しません。というか、僕がさせません」

俺がそう言うと、オズワルドさんはポカンとした表情を浮かべた。

俺はなぜか、いきなり死んでしまった前世のことを思い出していた。命の危機に晒されたことで、記憶がよみがえったのかもしれない。

前世では無念で心残りなまま、命が尽きてしまった。その代わり今世では、いいことがいっぱいだった。それも全部、この村で、この家族のもとに転生できたおかげだ。

だからこそ、ゴブリンなんかに絶対やられてほしくない。

それに、せっかくチート持ちに転生できたんだ。ここでチートを使わずに、いつ使うというんだ。

気付くと俺は、勢いよく宣言していた。

「僕の大好きな村がゴブリンにやられてしまうなんて、ダメです！　僕はすごい六才なので、絶対なんとかしてみせます……任せてください！」

呆然としているオズワルドさんをよそに、俺は身体強化魔法で視力を強化し、ゴブリンたちの様子を改めてじっくりと観察する。

森から出てくるゴブリンの中には、剣やナイフを持っているやつがいた。きっと指揮官がいる影響だろう。これでは攻撃力が前とは全然違うはずなので、俺の魔法だけで片付けられるか分からない。

オズワルドさんやお父様の話からすると、現時点で俺たちが安全に倒せる数の三倍以上のゴブリンがいるという。

そうだとしたら、まともにぶつかったらダメだろうな。直接戦わないようにしないと。そのためには、村を囲む柵は絶対に守らなくちゃ。柵に隠れて弓や槍で戦えば、直接ぶつかることなく相手の数を減らしていけるはずだ。

とはいえ、あまりにも相手の数が多すぎるので、きっと長い戦いになるだろう。こっちの人数の不利を考えて、柵の中で休憩を取りながら交代で戦った方がいいかもしれない。

いずれにせよ、今回の戦いは、柵を守りきれるかがカギになりそうだ。

向こうにはゴブリンメイジがいる。火の魔法なんかを使われたら、柵が燃やされてしまうかもしれないから、対策としてお水を準備しておこう。

ひと通り考えたところで、俺は騎士さんたちや村人たちに声をかける。

「みなさん、聞いてください」

みんなの目線が、こちらに集まる。

「これから、ゴブリンがたくさん攻めてきます。でも僕は、絶対に村を守るつもりです。騎士さんたちも、村の人たちも、死んでほしくありません。切り抜けられるように頑張るので、どうかお手伝いしてください！」

村人たちは俺のことを信頼してくれているみたいで、力強く返事をしてくれた。

でも、騎士さんたちはこんな子供のいうことを聞いてくれるだろうか。

不安に思っていると、オズワルドさんが騎士さんたちに呼びかける。

「お前ら〜、今のちゃんと聞いたか？　森から逃がしてくれたのがこの子……アル君なのは知ってるよな？　指揮官としては俺よりずーっと適任だから、しっかり指示してもらうように！」

すると騎士さんたちから「おーっ！」という返事が一斉に聞こえた。

俺はビックリして、隣にいるオズワルドさんを見上げる。

「オズワルドさん……僕に任せてくれるんですか？」

「当たり前でしょ。アル君がバケモノなのは分かってるし、生き残れる方がいいもん」

そう言われて、俺は気が引き締まる気持ちだった。

みんなを守れるように、しっかり頑張らないと！

俺はまずみんなに、防具をつけて盾を持ち、弓、槍を準備するよう指示した。ゴブリンを柵に近付けないよう、リーチのある武器で戦うためだ。盾はゴブリンアーチャーの対策のために必要だと思った。

また、火魔法対策として樽に入れたお水や柄杓《ひしゃく》も用意してもらう。

俺の指示を受け、大人たちが慌ただしく準備に動き出す。

みんなが準備している間に、俺はベスを撫でられるだけ撫でた上で、おうちに帰ってもらった。

今は村の戦力がほとんど出払っているから、何かあったら頼んだぞ……ベス。

俺は、柵の向こうに群がっているゴブリンたちの方に目をやる。

まだ襲ってはこない。でも、柵の中に入れないからジッとしているというようにも見えない。武器を持っているんだから、やろうと思えば強行突破だってできるはずなのに。

それをしないってことは、何かを待っているんだろうか。

この奇妙な行動は、ゴブリンキングとか上位種の指示に従っているのかもしれない。

そこで俺はハッと気づいた。

だんだん日が暮れてきている。

人間は夜になったら目が利かないから、その不利を狙われたらひとたまりもない。もしかして、このゴブリンたちは暗くなったら一斉に襲ってくるつもりで待っているのかも。

ただでさえ数がすごいのに、もしそんな風に戦略的に攻めてきたら、大変なことになるだろう。

長期戦になるのは間違いなさそうなので、先に気力を養ってもらおう。

俺は急いで村人たちにお願いする。

「ここにかがり火と、ありったけの武器を持ってきてください。ゴブリンたちは、夜になってから襲ってくるつもりかもしれません。そうなったら長い戦いになると思います。日が落ちるまで、まだ時間があります。先に食事をとる準備をしてください」

村人たちが俺の声に応じて動いてくれたのが見えた。騎士さんたちも手伝いに向かったようだ。

こんな状況なのに落ち着いて行動してくれるのはとてもありがたい。

俺も覚悟を決めて、きちんと準備を整えなければ……

その後、食料が届いたところでみんなに声をかける。

「みなさん、戦いに備えて、今のうちにしっかり休憩と食事をとってください」

俺のところにも、騎士さんが食べ物や飲み物を持ってきてくれたのでありがたくいただくことにした。

食べ物にも、飲み物にも、蜂蜜で漬けこんだ果物が入っていた。この果物はなんだろう？　オレンジかレモンのような感じで、柑橘類のようだった。

やっぱり、疲れた時は甘いものが欲しくなる。さすが、現場の人は食べたいものをよく分かっている。蜂蜜以外にも、ミントみたいなものが入っている気がする。今度、作り方を教えてもらおう。

村のみなさんは、黙々と食事をしていた。

その光景を見たオズワルドさんは、少し呆れた様子でお父様と言葉を交わす。

「副隊長、なんでみんなこんなに落ち着いてるんですか？　普通の村の人でしょ？」

「多分、アルがなんとかしてくれる……そう、村のみんなは信じているんだ。隊長のお前のメンツを潰して悪いが、今はアルの指示に従ってくれ」

「いや……それは別に全然いいっすよ。迷宮の調査をマジメにやらなかったのが悪いんですから」

オズワルドさんは、そう言ったあと何か思いついたように告げる。

「あ、そうだ。じゃあ代わりといっちゃなんですけど、副隊長、俺にまだ隠し事してますよね！　生き残ったら、そのネタ提供してくださいい。おもしろそうなんで」

お父様はハーッとため息を吐きながら言う。

「お前……全く、仕方ない。生きていたら考えてやる」

「約束守ってくださいよ。俺、俄然《がぜん》やる気出てきました！　アハハ！」

周りの騎士さんたちは、オズワルドさんが調子を取り戻してきたのを見て、少し安心しているみたいだった。

めちゃくちゃやばい状況だけど、みんな平常と変わらずリラックスしているようにさえ感じられる。

うん、これなら頑張れるかも……


そうこうしているうちに、いよいよ辺りが暗くなってきた。

かがり火を灯すと、柵の向こうの草原一帯に、ゴブリンの軍隊が広がっていた。

思わず息を呑む。巨大なゴブリンもたくさんいる。あれらが指揮官クラスだろうか。初めて見た。

騎士さんたちもさすがにざわついている。

「こんな数、相手にしたことがないぞ……本当に大丈夫なのか？」

「バカ、知るかよ。誰もねえよ、こんな数の魔物と戦ったことなんて……」

ゴブリンの軍隊、一体何匹いるんだろう。さっきより増えてるな。七百、いや、もっといそうな気がする。しかも、指揮されていると戦闘力が上がるから、実際は……うう、考えたくない。

一方、こっちは村人たちが五十人に、お父様に、騎士さんたちが三十人、そして俺か……つまり味方は八十二人。普通に考えたら絶望的だ。

もし、このままゴブリンが湧き続けたらどうしよう。

一番困るのは、様々な方向からゴブリンがやって来ることだ。ただでさえ人手が少ないから、対処が間に合わない。

俺も何日も戦い続けることはできないから、今夜中に決着をつけないと。

そして、とうとう夜になった。

ゴブリン軍が、少しずつ動き出した。あと五百メートルくらいのところにまで迫っている。

俺はみんなに作戦を伝える。

「今回のゴブリンには指揮官がいます。統率が取れていて、弓矢や魔法の攻撃も考えられるので、全員盾を持ってください。まずは、僕が魔法で数を減らします。そのあとは、五メートルくらいの距離までゴブリンを引きつけて、矢がなくなるまで射続けてください。なくなったら、槍で突いてください」

みんなは早速柵の前に移動して、準備を整えた。

準備が終わったところで、もう一度声をかける。

「疲れたらすぐ交代して、休みを取ってください。なんとか一晩で決着をつけて、必ず明日を迎えましょう……！」

「おー！」と、みんなが一斉に返事をする。

あとは俺がなんとかなるように、全力で頑張るしかない！

柵から百メートルの距離まで、ゴブリン軍が迫ってきた。

俺の魔法の射程範囲になったところで、俺はウィンドスラッシュを連発して先制攻撃を仕かける。

ゴブリンがバタバタと倒れていく。ここまでは作戦通りだ。

すると、いきなり火の玉が飛んできた。見ると、杖を持ったゴブリンメイジが魔法で攻撃している。

魔法の撃ちあいになってしまった。

村人や騎士さんたちは無事だろうか？

周囲に目を向けると、みんなうまく魔法をよけている。ゴブリンとの距離が遠いので、火の玉の軌道が見極めやすいようだ。

大被害になっていなくてホッとしたのも束の間、別の問題が起きた。

火の玉の狙いが、柵の中から柵自体に変わったのだ。予想はしてたけど、柵を壊そうとしているみたいだ。やっぱり今回のゴブリンは戦略的に攻撃を仕かけてくる。

でも、柵は無事だった。

水を準備しておいただけでなく、燃えにくいように事前に柵に水をかけておいてもらったんだ。

念のため備えておいてよかった。この辺りは、みんなが動いてくれた成果だ。

とはいえ、このまま放っておいたらいつ炎上するか分からない。

俺は火の玉の発射地点をピンポイントで狙い、ゴブリンメイジを倒すことに集中した。

魔法を撃ち続けていると、ゴブリンメイジを全滅させられたようで、魔法攻撃は止まった。

だけど、俺がそちらに気を取られていた間に、今度は柵にゴブリンが迫ってきてしまった。

だが、ゴブリンたちは指揮官の指示に従っているのか、不用意に柵に群がるようなことはしない。

ある一定の距離を保ったまま、ゴブリンアーチャーが弓で攻撃してくる。

まずい！　ここまで統率が取れてるとは思わなかった。

とにかくこっちは数が少ないんだから、なんとか指揮をかく乱しないと……！

身体強化魔法をかけた目で、暗闇を凝視する。

すると、軍隊の後ろの方に、ひときわ大きなゴブリンがいるのが見えた。

あのゴブリン、ほかの上位種のゴブリンに指示を出している。

もしかして、あれがゴブリンキング……!?

あいつを倒せれば、なんとかなるかもしれない。

でも、どう見ても百メートル以上離れている。俺の魔法が届かない。ウィンドスラッシュを放ってみるけれど、やっぱり射程の外だ。考えろ、何か工夫して届かせるしかないぞ。

俺は棒手裏剣の射程を広げるために、風魔法で補助している。あれと同じ感じで、攻撃の飛距離を伸ばす方法はないかな。

……そうだ！　棒手裏剣の時は普通に風魔法を放っているだけだけど、風をもっと圧縮したら、その空気圧でより遠くまで攻撃を届かせられないだろうか。

そう考えているうちに、ふと、空気銃の仕組みが使えるんじゃないかと思いついた。

早速土魔法で、空気銃の構造を再現してみる。グリップと銃身と空気室を作り、弾丸も別に用意する。イメージで発射できるので、引き金と撃鉄は省いた。

すぐさま弾丸をこめて、銃の中で空気をうんと圧縮する。圧縮を解放すると、膨張した空気に押し出されて、すごい勢いで弾丸が飛んでいった。

弾丸は二百メートル先まで届いた。ゴブリンキングには当たらなかったけれど、射程は伸ばせたみたいだ。何度か撃ち続けているうちに、ついにゴブリンキングに命中した。弾丸の勢いがすごかったようで、弾丸の大きさよりもかなり大きな穴が開いている。当たった場所もよかったのだと思うが、矢よりも威力があったみたいで、ゴブリンキングを倒すことができた。

やった！　うまくいったぞ！

群れを束ねる個体を倒したためか、なんだかゴブリンたちの動きがおかしくなってきた。さっきまで統率の取れた動きをしていたのに、行動が乱れている。

よし、この調子で指揮官っぽい大型のゴブリンを狙っていこう。

普通のゴブリンが大量に柵に到達してくるが、矢や槍でどんどん倒されていく。

やっぱりゴブリンコマンダーやゴブリンリーダーっぽい上位種を先にやっつけて正解だった。指揮官を失ったせいで、普通のゴブリンが一気に弱くなった気がする。

上位種がいなくなれば騎士一人で五匹倒せるって言ってたから、これでかなり楽になったはずだ。

その後しばらくして草原を確認してみると、上位種はほとんど倒せたみたいだった。ゴブリン全体の数も、半分くらいに減ったように見える。

だが、俺は魔法の使いすぎでそろそろ疲れてきた。

村の人たちも矢がなくなってしまったようだ。槍で攻撃しているけど、ゴブリンは槍が届かないところまで下がってしまっている。

……ここが使い時かな。

魔法が使えなくなるのを想定して、俺は土魔法で棒手裏剣をコツコツ作り続けてきた。一本作るのに五分かかるから、普段の空き時間に作って溜めておいたんだ。

今、手元の箱に三百本の棒手裏剣がある。

すぐさまゴブリンに向かって投げ続け、残りのゴブリンの数も減らすことができた。

あと百匹くらいだろうか。残ったゴブリンたちは戦況が不利だと悟ったのか、逃げようとしている。

よし、最終手段だ。

俺は開発しておいた爆裂弾を使うことにした。

爆裂弾は簡単にいうと手りゅう弾みたいな物だ。土魔法で作った丸い容器の中に、これも土魔法で作った小さな棒手裏剣のようなものをたくさん詰めこんである。

更に魔法で抽出した酸素と水素を一緒に入れて、爆発するタイミングが決まるように作ったんだ。

投げてみると、俺が考えていた時間通りに空中で爆発した。

すると中に入っていた小型の棒手裏剣がまき散らされ、たくさんのゴブリンに突き刺さる。

……これがトドメになったようだ。草原を見渡しても、動いているゴブリンは見えなくなった。

一瞬、辺りが静かになった。

そのあとすぐに、みんなの歓声が響きわたった。

「ゴブリン軍をやっつけたぞ！」

「俺たちは勝ったんだ」

「誰も死んでいないぞ！」

口々に言っているのが聞こえてくる。

村の人たちが、互いに抱きあっている姿も見えた。

ようっぽど嬉しかったんだろうが、生き残れたんだから当たり前か。なんだか、俺も信じられないような気持ちだ。

そのうちに、村のみんなが、俺の周囲に集まってきた。

「本当にありがとうございます。なんと感謝申しあげたらよいのやら」

「みんなが無事でよかったです。でも、一番は柵があったおかげだと思います。この柵は村のみなさんが完成させてくれたものです。この柵のおかげで、村もみんなも無事でいることができました。本当にご苦労様でした」

辺りを見ると、多くの騎士さんたちは座りこんでしまっている。

きっと緊張の糸が切れたんだろうな。

今回は水をまいたり、樽を矢を運んだりと、騎士さんにお願いしていいのかな？　ということでもたくさん助けてもらった。

オズワルドさんが数人の騎士さんたちと一緒に、俺のもとにやって来た。

「や～、ありがとう……初めはどうなることかと思ったけど、アル君のおかげで無事に生き残れた。副隊長や村の人たちが落ち着いてられるのが不思議でしょうがなかったけど、ようやく理由が分かった気がするよ」

なんて返せばいいのか分からなくなってしまい、俺が黙っていると、場がシーンとしてしまった。

みんながこっちの方を見ている。俺が何か言うのを待っているみたいだ。

「みなさんが協力して頑張ってくれたおかげで、こうして村を守ることができました。ありがとうございました！」

男たちの野太い歓声があがった。

最後に武器や矢、ゴブリンの魔石の回収をみんなにお願いした。

くれぐれも武器を踏んで怪我をしないようにと言っておいた。

「回収で怪我をされたら、悲しくて泣いちゃいますから……」

そう言ったら、みんなが笑っていた。

こうして、みんなが無事で、村を守りきることができた。

数人が切り傷や火傷といった怪我をしたけど、軽いものだったらしい。

本当に、本当によかった……

今回のことで、異世界では安全のために、やりすぎなくらい準備しておく必要があるんだと悟った。

またこんなことが起きた時のために、柵をもっと強化して、見張り台を設置するのはどうだろう。

それから武器を強化して、みんなに配っておいたり、万が一の時は村のすぐ使える場所に設置しておくのもいいかもしれない。

やることがまだまだいっぱいだ、何から始めようかな。

□□□

俺──オズワルドは心底驚いていた。

アル君は宣言通り、本当に誰も死なせなかった。

この国を守るためには、もっと気を引き締めて働かないといけない……そうアル君に教えられた気がした。

調査という名目でやって来たため、ゴブリンの死体を確認するが、それだけでもほぼ一日がかりとなってしまった。全体で約八百匹。上位種はほとんどが魔法のヘッドショットで即死させられていた。

つまり、このゴブリンたちは全てアル君が倒したということだ。

俺たち騎士団だけだったら、確実に全滅していただろう。

翌日の調査では、迷宮の入り口を発見した。場所はオリバーが襲われた茂みのすぐ側だ。

中を確認したが、ゴブリンは発見できなかった。

おそらく、アル君が壊滅させたゴブリンの軍隊が、この迷宮に棲息する全てだったのだろう。

といっても、時間が経ったら多少増えるかもしれないけど、これだけ減らされたのだ。すさまじい湧き方はしないはずだ。

一度百匹も倒したすぐあとに、あれだけの数のゴブリンの軍隊が生み出された理由は結局分からずじまいだったな……

いや～、しかしどうやって報告したもんかね……

俺の見たところ、副隊長にはまだ隠していることがある。その秘密を守ってあげるためには、アル君のことを書くわけにはいかない。

ゴブリンの討伐数がすごいからな。こんな数の魔物との戦い、どこの騎士団でもやったことないはず……っていうか、騎士の力だけでどうこうできるレベルじゃないから、戦おうとすら思わないもん。

この報告書は多分、団長だけに留まらず、かなり上の管轄まで持っていかれるはずだ。

アル君みたいなバケモノがいるって知られた日には、団長どころか、王都中のお偉いさんが大騒ぎして自陣に取りこもうとするに決まってる。

その途中で、副隊長の秘密――わざわざ辺境に行くことになった経緯についても、絶対にバレてしまう。しかもこっちもこっちで、多分バレたら騒ぎになるような内容だから手に負えない。

田舎でひっそり暮らしてる、副隊長の家族の生活を壊すようなマネはしたくないよな～。

かといって、俺たち騎士団だけでゴブリンの軍団を壊滅させたなんて、信じてもらえるわけないでしょ。

はあ、参った。ゴブリン百匹くらいなら、なんとか理由をこじつけて誤魔化せると思ったのに。

でも、そもそも百匹の時点でうちの団長はロプト村には何かある——つまり、アル君みたいなバケモノがいる可能性を感じ取っていたからな。誤魔化すなんて、ハナから無理だったのかも。

いやいや、でもな〜。だからって本当のことを書いても絶対おかしいことになるって。

「戦術も魔法も天才的な六才児がいて、村を改造したうえでゴブリンの軍勢を壊滅させ、あとヒールを使って重傷者の命を救いました」なんて書けるか？

アル君の才能の取りあいになる以前に、俺が色んなところに呼び出されて、信じてもらうのに四苦八苦するのが目に浮かぶわ。

ダメだこれ、色々考えると余計俺の手に負えなくなっていく。

ただ、副隊長に「アル君のことは報告せずに誤魔化す」って約束しちゃったからな。そこだけは守ろう。

仕方ない。怒られ覚悟で、アル君のことは伏せて作ってみるか。

はあー、副隊長と再会した時は、昔のことをいじり倒して帰るだけの楽しい任務だと思っていたのに。こんな面倒なことになるなんて、聞いてね〜！

こうして俺は、ものすごく苦しい報告書を団長に持っていった。

簡単にいうと「柵がすごかった、指揮が優秀だった、だから勝てた」とだけ書いてみた。

団長は報告書に目を通すと、すぐさま「何を隠している？」と聞いてきた。

「村の設備については、役所の騎士から報告を受けた段階で妙だと分かっていた。それだけでは説明がつかんから、凄腕の魔法師でもいないか調べてこいと、お主を村へやったのだぞ」

団長に厳しい目線を向けられ、俺は全身冷や汗まみれになった。

団長は顔がいかついから、別に何もしてなくても怖い。だから、怒るともっと怖い。

なんとか切り抜ける方法がないかと頭をひねっていると、ダメ押しのように指摘される。

「ゴブリンだけでなく、オリバーのこともだ。あのような傷を治癒できる聖者は、神聖教会にもおらんはずだ」

まずい……いつもは口がまわる俺だけど、何も思い浮かばない。

あっ……でも、そうだ！

いくらこの報告書がおかしくても、国の要職にある団長は、王様の命令なしに勝手に王都から離れられない。つまりいくら変に思おうが、自分では確かめに行けないんだ。

そーだよ！　だから俺に調査させたんじゃん！

は～、ヒヤヒヤした。うちの隊の騎士たちも、アル君のことは口外しないはずだ。オリバーのこといい、お世話になったもんな。

そうと分かれば、あとは口先で誤魔化すだけだ。

「いや～すごい柵ですよね。俺も行くまではなんかあるんじゃないかと疑ってたんですけど、実際見たら本当にすごい柵で……」

「よし、おれは休暇を取るぞ。ロプト村に旅行だ」

「はい？」

団長の発言に、俺は固まってしまった。

そ、そっか……休暇ね、旅行ね……

そんな手段を思いつくなんて、さすがうちの団長はすごいな……じゃなくて！

「ちょっと〜！　団長ってば俺のこと信じてないんですか⁉　騎士団長が直々に調査に行くなんて、前代未聞ですよ。この報告書がますます変に思われて、大騒ぎになるじゃないですか！」

「何を言っておる」

まくしたてる俺を、団長が遮った。

「誰が調査と言った。旅行ついでに、オリバーを助けた者に礼をしに行くだけよ。お主の隊も荷物持ちとして同行しろ」

呆気に取られる俺をよそに、団長は平気な顔をしている。

……副隊長、ダメでした。

多分、また近々ロプト村にお邪魔することになると思いますんで……その時は怒らずに迎えてくださいね……

17　平穏な生活の終わり

ゴブリンの襲撃から二週間ほどが経ち、俺――アルフレッドはまた普段通りの暮らしに戻っていた。

戦いはしばらくこりごりだ。

これからは村の改善をしたり、お手伝いをしたり、家族を大切にしながらのんびり生きていこう。

そう思いながら家に戻ると、庭の前に見覚えのある馬車が停まっていた。

家に入ると、いきなり明るい声がした。

「やあ～アル君、久しぶり。久しぶりっていうほど久しぶりでもないけど」

「えっ……何しに来たんですか？」

俺は思わず、声の主――オズワルドさんにそう言ってしまった。

だって、いくらなんでも再会が早すぎる。まるで王都からとんぼ返りしてきたようなタイミングだ。変に思っていると、オズワルドさんは相変わらずおちゃらけた調子で言う。

「ええ～、やだな～。その反応はないでしょ」

「オリバーさんは無事に回復されているのですって。そのお礼にと、たくさんいただき物をしたのよ」

そう言ってお母様が見せてくれた箱の中には、ワインや蜂蜜、砂糖などが入っていた。

高級品ばっかり。オズワルドさん、案外律義なんだな。

素直に感心したけど、まだ何か変な感じがした。お礼に来たにしては、みんなの様子がおかしい気がする。騎士団の人たちも、お父様もお母様も、心なしか緊張しているみたいだ。

不思議に思って部屋を見渡してみると……騎士さんたちの中に一人、見知らぬ人が交ざっていた。

「おれからも礼を言わせてくれるか」

その知らないおじさんは、目が合った途端、俺に話しかけてきた。

うろたえてしまい、小声でオズワルドさんに聞く。

「オズワルドさん、この方はどなたです？」

「えっとね……うちの騎士団長。よろしく」

「おお、申し遅れたな。第三騎士団団長、マキシム・ガルトレイクという。お主がアルフレッドだな。オズワルドから聞いたぞ」

マキシムさんは俺の手をギュッと掴むと、ブンブンと上下に振った。

いたたたたた！　マキシムさん、痛いです！　握力強すぎです！　これは握手ですか⁉

それとオズワルドさん……ゴブリンの件での報告書、うまく誤魔化してくれるって言ったじゃないですか！　なぜいきなり偉い人を連れてきているんですか⁉　下手したら色々とバレちゃうじゃないですか！

俺は本当なら、その場で叫び出したいところだった。

オズワルドさんに必死で目で訴えると、すまなさそうな表情を浮かべてジェスチャーを送ってきた。顔の前で手を合わせている……「ゴメン」じゃないですよ！

そうこうしているうちに痛すぎる握手が終わり、マキシムさんは深々と頭を下げてきた。

「重傷を負ったオリバーを救ってくれたこと、誠にありがたい。お主の母上がおらねば死んでいただろう。それに聞くところ、オリバーを母上に引きあわせるよう言ったのは、お主だというではないか。たった一人で百匹ものゴブリンを退治した父上といい、ロプト村の騎士一家は大したものだ」

マキシムさんは「ワッハッハ」と豪快な笑い声をあげた。

あれ……この人、お父様だけでゴブリンを退治したって信じてる……？

それにオリバーさんを治したのは、お母様だと思っている……？

ということは、俺のことはバレてない……？

町の騎士さんでさえゴブリン百匹時点で相当疑ってたのに、マキシムさんは人を疑わないタイプなのかな？　よかった……おかげで助かった……

「だが、まだ礼を言いたい相手がいてな。これを見てくれ」

一瞬ホッとしかけた俺の前に、マキシムさんが一枚の紙を広げた。

覗きこむと、次のようなことが書いてある。

調査報告書

・調査対象　マルベリー領ロプト村

・調査結果　ゴブリンの迷宮が出現

・特記事項　ゴブリンの軍隊が村を襲ったため、これを殲滅《せんめつ》

討伐したゴブリンの内訳は次の通り

ゴブリン　759

ゴブリンリーダー　3

ゴブリンナイト　10

ゴブリンメイジ　6

ゴブリンアーチャー　3

ゴブリンキング　1

総合計　782

被害は次の通り

死者　　　　　　　　　　０
重傷者　　　　　　　　　１（第三騎士団騎士オリバー・ブランシェ）

・特殊性　村の周りに強固な柵が設置され、守りが堅牢《けんろう》であった
　　　　　村には指揮能力に優れた者がおり、村人の戦闘能力を向上させていた

これ、オズワルドさんの書いた報告書かな？　本当に俺のことは書かないでいてくれたんだ。

まあ、そのせいで怪しさがすごいけど……

報告書を手に持ったまま、マキシムさんが話し始める。

「いくら我が第三騎士団とお主の父上がいたとて、上位種がこれほどおるゴブリンの軍勢を、死者も出さずに討伐するのは無理があろう。しかも見たところ、村にもほとんど被害はない。この奇跡を起こした者にぜひ会ってみたくてな」

なんか、雲行きが怪しくなってきたぞ。

ゴブリン百匹はギリギリ信じたとしても、八百匹近くになるとさすがに無理があるか……

俺が内心アタフタしていると、マキシムさんは続ける。

「お主の父上、母上にも聞いたのだが、知らぬそうなのだ。お主はどうだ？」

そう言って、ズイッと顔を近付けてくる……顔がいかついから、怖い！

「……ぼ、僕も何も知らないです」

「本当か？」

目を泳がせながら答えるけど、マキシムさんはじーっとこっちを見たまま、なおも尋ねてくる。

お願いです、ここはなんとか騙されてください……！

その時だった。シーンとなっていた部屋に、突然声がした。

「お兄ちゃん、魔法使って」

ギョッとして声の方を見ると、サーシャがテトテト歩いてくる。

「この子、魔法で治して」

サーシャはそう言いながら、手がちぎれてしまったお人形を俺に差し出した。

お母様が慌てた様子で、サーシャに駆け寄る。

「サーシャ、ママに見せて。お人形なら、いつもみたいにママが縫ってあげるから」

サーシャはむくれながら、「やー」と首を横に振る。

「ママの魔法もすごいけど、お兄ちゃんの魔法はもっとすごいんもん。お怪我も治せるし、お水で虹も作れるし、爆発もできるもん……だから、サーシャはお兄ちゃんがいい！」

途中からしゃくりあげ始めたサーシャは、とうとう「えーん」と声をあげて泣き出してしまった。

お母様が困った顔でサーシャを抱っこする。

サーシャが泣いてしまい、俺は焦った。

「サーシャ、泣かないで！　お裁縫はやったことないが、お兄ちゃんが直してあげる！」

思わずサーシャの方に飛んでいこうとすると、マキシムさんの低い声がした。

「ほおう……魔法師がいるのに間違いないとは思っていたが、まさかお主がそうか」

あっ……バレた……？

頭が真っ白になってしまい、誤魔化す言葉が出てこない。

そんな俺をかばうように、お母様があたふたと否定する。

「いいえ。サーシャはまだ小さいから、そう思いこんでいるだけで……」

「ホントだもん！　お兄ちゃんは魔法使えるもん～！」

サーシャが更に大きな声で泣き始めた。

ああぁ……俺のせいで……お母様もサーシャもごめんなさい……

これ以上迷惑をかけたくないので、俺は観念することにした。

「あの……実は、僕が魔法でゴブリンをやっつけました……前の百匹も、今度のも僕です。あと、オリバーさんを最初に治したのも、僕がやりました……」

ゴブリン討伐の真実を調べに来たはずのマキシムさんだが、俺の告白を聞くと、さすがに信じられないような顔をしていた。

しばらく間を置いたあと、尋ねられる。

「アルフレッドよ、年はいくつだ」

「ろ、六才です……」

「なんと……騎士団も敵わぬゴブリンの軍勢を防いだのが、たった六才の子供か。にわかには信じがたいことだが、これで全て合点がいったぞ。さすがは剣の申し子、ジェイミー・ハイランドの息子だけあるわ。魔法の才はソフィアーナから受け継いだものだろう」

へ？　ジェイミー・ハイランド？　それに、ソフィアーナ……？

それって、お父様とお母様のこと？

あと、マキシムさん……お父様とお母様のお知り合いだったんですか？

俺はポカーンとしたままお父様とお母様を見るが、二人とも気まずそうに俯いている。

その様子を見て、マキシムさんが驚いたように言う。

「何⁉　ジェイミー、お主は息子に何も話しておらぬのか？」

お父様はしばらく黙っていたが、意を決したように真剣な表情を浮かべる。

「子供たちには成人してから話そうと思っておりました。ソフィアを神聖教会と邪神教から隠すには、それくらい注意する必要があるかと……」

それからお父様は俺の前にやって来て、しゃがみこんで目線を合わせた。俺の肩に両手を置いて、ゆっくりと話し始める。

「アル、今まで黙っていて悪かった。ジェイ・ハイルーンと名乗っていたが……パパの本当の名前は、ジェイミー・ハイランドだ。昔王都の騎士団にいたと話したことがあったろう。あれは第三騎士団のことだ。団長にはその時お世話になった。ソフィアと知り合ったのもその頃のことだ……ソフィアの本名も今まで隠してきた。ソフィアーナ・フォン・ガルトレイクというのが、本当の名前だ」

えっ、今なんて？

俺はお父様を見つめたまま固まってしまった。

お父様はジェイじゃなくて、ジェイミー？　それに、お母様もソフィアじゃなくてソフィアーナ……？

しかも、ガルトレイクって単語……ついさっき聞いた気がする。

あっ……マキシムさん！　マキシムさんもガルトレイクだ。

俺はお母様とマキシムさんを交互に見ながら言う。

「あの、その、二人ともガルトレイクというのは……」

「おお、ソフィアーナはおれの姪《めい》よ。公爵家にいた頃は、王都でも指折りの美姫《びき》と名高かったぞ」

こ、公爵家ですと!?　お母様、お姫様だったの!?

新情報が大量に出てきて、頭が追いつかない。

それに、マキシムさん……お父様とお母様とは、ガッツリ知り合いだったんじゃないですか！

なのに最初は知らないフリして「ワッハッハ」とか言ってたんですか!?

ゴブリン退治のことも信じたフリしてたのは、まさか俺の油断を誘ってたんですか？　もしそうなら抜け目なさすぎませんか！

そういえば、そもそもオズワルドさんが調査に来たのも、この団長さんの命令って言ってたっけ……くそっ、怪しんでるって事前に聞いてたのに、完全に騙された。もういやだ。第三騎士団。

放心気味な俺の肩を、お父様が更に強く掴む。

「アル、落ち着いて聞いてくれ。お前にはまだ話しておくことがある」

ちょっ……まだあるんですか、お父様。日を改めて話していただくわけには……

小出しにしてもらわないと、ショックが大きいのですが……

そんな俺の心情はお構いなしで、お父様は結構ヘビーな内容を打ち明けてきた。


お母様――こと、公爵家のソフィアーナ姫は、王都にいた頃から癒しの魔法の使い手として知られていたそうだ。

心優しいソフィアーナ姫は、病気や怪我で困っている人のためなら、身分を問わず治療を行っていた。そんなわけで民衆からは癒しの聖女とあだ名されるほどの人気だったらしい。

ところが、噂を聞きつけて神聖教会の遣いがやって来た。

癒しの魔法を使える人は、この世界ではとても珍しい。神聖教会ではそういった人を聖者として認定し、教会に迎えて保護している。

神聖教会はこの世界を作ったといわれる女神様を主神とする教会だ。古い歴史を持ち、この辺りの国の人々はほとんどが神聖教、および女神様を信仰しているという。

だから教会から聖者と認定されれば、国中の人から敬われる存在になる。一般的には名誉なことだ。

しかし聖者に認定されると、世俗を捨てて教会に住み、教会にやって来る人々に癒しの魔法を提供することが使命になる。家族や友人と離れ、教会で一生を過ごさなければいけない。

その頃、ソフィアーナ姫には密かに思いを寄せている相手がいた。

それがお父様――こと、当時第三騎士団の副隊長であったジェイミー・ハイルーン。

王都に配属されてすぐ副隊長に抜擢されるほどの剣の腕前で、ゆくゆくは王都の全騎士団を束ねる総長の座につくだろうと、将来を嘱望《しょくぼう》されていたらしい。

剣一筋に生きてきたジェイミーは、いきなり高嶺の花のソフィアーナ姫から思いを告げられ、聖女になっては一緒になることもできない、連れて逃げてほしいと言われてパニックになったそうだ。

しかしお人好しな性格のため、困っているソフィアーナ姫を放っておけずに、思わず「はい」と返事をした。

こうしてジェイミーは、神聖教会の目が届かないよう、王都から遠く離れた――離れすぎてて誰も騎士のなり手がいないほどの辺境にあるロプト村で騎士の職を見つけた。

王都からの逃避行にあたっては、ソフィアーナ姫の父親である公爵が手を貸してくれたそうだ。

普通だったら身分違いの恋に怒ってもよさそうなものだが、公爵はソフィアーナ姫が聖者となり、教会で軟禁状態になるのを哀れに思ったらしい。

もう一つ大きな原因となったのが、邪神教の狂信者だ。

邪神を祀《まつ》る信者たちは、癒しの魔法を使う聖者を暗殺していた。

ソフィアーナ姫もたびたび邪神教徒に手にかかりそうになったが、そのたびにジェイミーが返り討ちにしていた。

聖者になっては命の危険もあると判断した公爵は、二人を逃がすのに協力したのだ。

無事ロプト村に逃げのびた二人だったが、いつ神聖教会や邪神教に狙われないとも限らない。そのため名前を変え、過去や身分を隠し、今までひっそりと暮らしてきたそうだ。


話を聞いた俺は……映画を見たあとのような感覚で、このお話が本当のこととはすぐに信じられない気持ちだった。

お父様とお母様に、こんな壮大なドラマがあったなんて……ハイルーン家は平凡ながら幸せな家族で、ちょっと変なのは俺だけだと思っていた。

それにしてもこの話、どこかで聞いたような気がする。

そうだ、サーシャの好きな絵本だ。お姫様と騎士が駆け落ちするやつ。

うちにあった絵本の内容とシンクロしてるなんて、偶然とはいえ奇妙な感じだ。

ポケーッとしていた俺に、お父様が告げてくる。

「お前は優れた能力の持ち主だ。それを隠させてきたのは、ソフィアを守るためだ。それにソフィアのことを見てきたら、誰かがお前の能力に目をつけ、利用しないか不安でもあった。だが、お前の生き方を狭めることにもなっていたと思う。すまなかった」

お父様の真剣な様子に、俺はハッと我に返った。

「僕は気にしてません」

思わず口にした言葉だけど、本心だ。

「ここでお父様たちと暮らすのが幸せだったので、村を出てもっと勉強したいとか、すごい人になりたいとか、思ったこともありませんでした。そんなことより、お母様が無事でよかったです」

そう伝えると、お父様にギュッと抱きしめられた。

お母様も俺に駆け寄ってくると、目を潤ませてハグしてくれる。お母様と一緒にいたサーシャも、よく分かっていないようだったが俺にくっついてきた。

ずっと黙ったままお父様の話に耳を傾けていたマキシムさんが、ふと口を開いた。

「兄者……いや、公爵はどこまで知っている」

「この村にいることはご存じですが、村で暮らし始めてからのことはお伝えしていません」

お父様の言葉を聞き、マキシムさんは考えこんでいるようだった。

しばらく経ってから、お父様に向かって頭を下げる。

「ソフィアーナがそのような危険な目に遭っているとは知らなかった。よく今まで守ってくれた」

それから騎士さんたちに告げた。

「お前たち、今ここで知ったことは他言するな」

「あの～」

騎士さんたちが神妙な面持ちで頷く中、オズワルドさんが声をあげた。

「副隊長がソフィアーナ様に告白されて動揺するくだり……おもしろすぎたので、そこだけ言いふらしていいっすか？　ねっ？　第三騎士団のやつ限定にするので」

マキシムさんはさすがに呆れた様子だった。

「お主、ジェイミーに恩義を感じていたからこそ、あんなふざけた報告書を寄こしてまで秘密を守ろうとしたのではないのか⁉」

「それはまあ、そうなんですけど……副隊長の恋バナ部分がおもしろすぎて……いや～、察しはついてたんですけどね。サーシャちゃんの珍しいピンク髪を見た時点で、副隊長がこんな辺境にいる理由って、多分ソフィアーナ様と駆け落ちしたんじゃないかな～と、分かってはいたんすけど……」

アルフレッドさんは、堪えきれなくなったように噴き出した。

「副隊長が……剣の鬼とか言われてて、いつも俺をめちゃくちゃにしごきながら『騎士たる者は……』とか真顔で説教してた副隊長が、実はソフィアーナ姫に告白されてオロオロしてたとか……」

そこまで言うと、オズワルドさんは本格的にツボに入ってしまったようで、笑い続けていた。

ひとしきり笑ったあと、息を切らしながらお父様に言う。

「はあ～っ、まじウケた……副隊長、ありがとうございます。約束通りおもしろいネタをくれて。生き残ってよかったです」

オズワルドさんに、お父様の跳び蹴りが命中した。

床に倒れたオズワルドさんはお父様にボコボコにされていたが、騎士団の人たちは誰も止めに入らなかった。オズワルドさん、隊長なのに……

□□□

その頃、王都では――

アルフレッドによるゴブリン討伐の報告書が、王城を駆け巡っていた。

騎士団長のマキシムだけでなく、魔法師団長、宰相《さいしょう》、果ては王までが報告書に目を通し、同じように内容を怪しんでいた。

八百匹のゴブリン軍勢との戦いなど、王都の誰も経験したことがないほどの規模だ。そんな絶望的な戦いに、辺鄙《へんぴ》な村一つで挑むはずがない。普通は村を放棄して逃げ出しているだろう。それでもゴブリンに追われて相当な被害が出るはずだ。

ところが、ロプト村はこの戦いに挑み、しかもたった一人の怪我人で済んだという。

もし本当ならとんでもない話だ。

報告書にある「指揮能力に優れた者」というのが何者なのか、誰もが知りたがっていた。

特に、休暇を取ったというマキシムがロプト村を訪れていることが分かってから、騒ぎが大きくなった。

騎士団長が直々に調査に行ったと知り、王たちはそれぞれが部下をロプト村に調査に向かわせた。

結果として分かったのは、村には魔法で作られたと思われる高度な設備が備わっており、これを完成させるには、普通なら何十人もの魔法師が必要であるということだった。

魔法師団長は一人、考えを巡らせていた。

(あんな辺境の村に何十人も魔法師がおるはずないわ。ワシのソウルが訴えておる。あの村には、とてつもない魔法師がおる。たった一人で戦況全てをひっくり返すような、とてつもないやつがの)

魔法師団長は、ワクワクしていた。

魔法師団長という、この国の魔法師の最高位についてからというもの、彼はヒマを持て余していた。そんな人材がいるのなら、ぜひ自分のもとで育ててみたい。

(王や宰相も狙っておるようじゃからのう。急がねばならん。ワシも出向くか？　その村へ)

魔法師団長は、部下に王の許可を取ってくるよう命じた。

普通は魔法師団長のような要職にある者が、王都を離れる許可など出るはずがないのだが——

（なるほど、魔法師団長まで調査に行きたいと申しておるのか。ならば、あの村にそれほどの魔法師がおるのは確かというわけだ）

王はそう考えると、すぐに魔法師団長の部下に伝えた。

「分かった。許可する。よく見てくるように伝えよ。調査結果は必ず、わしに報告するようにな。魔法師団長にはよく伝えておけ。そなたの考えているような者がいたら、わしが直々に会うとな」

部下の報告を聞いて、魔法師団長は内心舌打ちをしていた。

（不覚じゃわ。ワシに調べさせておいて、横からかっさらうつもりじゃな。タヌキめが！　……まあよいわ。謁見より早く魔法学校か魔法師団に入れてしまえば問題ない）

こうして魔法師団長は、そそくさとロプト村へ出発したのだった。

□　□　□

マキシムさんは、あれから十日くらいロプト村に滞在していた。

ちなみにオズワルドさんをはじめとした騎士さんたちは、マキシムさんの命令でついてきただけだったので、すぐに王都に戻っていった。

騎士さんたちはみんな、俺――アルフレッドやお父様やお母様に、ゴブリン討伐のことでお礼を言ってくれた。みんなお父様とお母様の秘密を守ってくれると思う。

オズワルドさんだけが心配だけど……お父様にあれだけボコボコにされたのだから大丈夫なはずだ。多分……

最初は調査のために休暇を取ったマキシムさんだけど、事実を知ってからは、純粋に休みを楽しむことに決めたらしい。その間中、俺はずっとマキシムさんに引っ張りまわされることになった。

村の設備を説明したり、ゴブリンの迷宮に行ったり、そこに少しだけ復活していたゴブリンを魔法でやっつけてみせた。それから剣術と古武術を見てもらったりした。

マキシムさんはどれについても驚いたり感心したりして、豪快に「ワッハッハ！」と笑って喜んでくれた。

最初は色々リクエストしてくる困ったおじさんだなと思っていたけど、帰ってしまうと少しさみしい。

また会いに来てくれるかな。いや、騎士団長ともなるとそうそう休暇も取れないはずだ。なら、俺が王都に行かない限り無理なのかな。

俺が王都に行く機会なんて来るんだろうか。もし行くとしたら、八才で学校に通って、十二才で職業見習いになって、その二年後の本試験に受かって、運よく王都に配置されたとして……つまり、最短でも八年後……⁉

そんなことを考えたら、更にさみしくなってしまった。

こんな時は、お手伝いをして気を紛らわすに限る。

というわけで、俺がいつものように庭の花壇にお水をまいていると――

「小僧、その魔法どこで習った？」

どこからともなく声がした。

ギョッとしてウォーターを止めると、急に頭を棒のようなもので小突かれた。

「いたっ」

「やめるでない！」

見ると、杖を持った知らないおじさんの姿があった。

誰だろう、このおじさん。まさか、知らないおじさん第二弾が来るとは思わなった。

しかも一人で現れたので、どういうおじさんなのか全く見当がつかない。

ポカンとしている俺を、おじさんはもう一回杖で叩いてきた。

「やめるでないと言うておろうが！　早く見せい！」

小柄なのにアグレッシブなおじさんだな！　そんなに痛くはないけど、暴力はやめてください。

それに、本当に誰なんだ？　このおじさん。そもそも、知らないおじさんに魔法なんて見せたくないし、見せる筋合いもないではないか。

けど、いきなり現れたのでウォーターを見られてしまっている。

今更誤魔化すのは、ちょっと無理があるよな……

俺は困った末に、おじさんの杖で殴る攻撃を警戒しながら言う。

「知らない人には見せないように言われているので……」

そういえば、オズワルドさんだってマキシムさんだって、最初に自己紹介してくれた。この名乗らないおじさんが一番非常識ではないか。

「小僧！　魔法を使うくせにワシを知らんのか⁉」

名乗るかと思ったら、おじさんは怒り出した。

やっぱり非常識なおじさんだ。関わらない方がいいような気がする。

俺がそっと逃げる隙を窺っていると、おじさんが持っている杖をかざした。

「ここに集まり我に水を与え給え……ウォーター」

おじさんが唱えると、杖にはまっている宝石みたいなものから水魔法が放たれた。しかも水場でもないのに、噴水くらい勢いがある。

このおじさん、魔法が使えるのか。しかも杖から魔法が出るなんて、ファンタジーっぽい！

俺はついテンションが上がってしまった。

「へえ～、こんなこともできるんですね！」

するとおじさんは気をよくしたようで、「ヒェッヒェッ」と若干不気味な笑い声をあげる。

「なんじゃ、魔石の触媒も知らんのか」

魔石の触媒……そういえば、マシューさんが魔石を魔法の杖に使うことがあるって言っていた気がする。これがそうなんだろうか。

「今のって、どうやるんですか?」

俺はおじさんの杖に手を置いて、魔石のところに意識を集中してみた。

なんかここに魔力の塊があるように感じる。その魔力の流れを意識しつつ、いつものように空気中から水分を取り出すイメージを――

「えっ⁉」

俺はビックリして、思わず声をあげてしまった。

いつもおかしいと言われている俺の水魔法だけど、いきなり杖からドーッと勢いよく水流が噴き出したのだ。しかも全然止まる気配がなく、庭が水浸しを通り越して、池のような状態になりつつある。

「コラッ! 離さんか!」

おじさんに言われて、ハッとした。慌てて杖から手を離す。すると、水の流れも止まった。

なんだったんだ、今の……? というか、どうしようこの庭。土魔法で穴でも作って、地面への吸収を早くするしかないかな。

俺がオロオロしていると、おじさんがボソッと呟いた。

「小僧、魔法は好きか?」

「えっ? はい、楽しくて好きです。今みたいに失敗もありますけど、工夫次第でなんでもできますから」

「今のが失敗、じゃと……？　なんでも、じゃと……？」

それからおじさんは一人で何かブツブツ呟いていた。

「決まりじゃ。小僧、王都へ来い」

おじさんはいきなりそう告げると、なぜかニタッと笑みを浮かべる。

えっ、なんで？　どういうこと？　なぜ勝手に決めてるんですか!?

色々聞きたいことはあったのに、尋ねる間もなくおじさんは足早に去っていってしまった。

本当に何も教えてくれないままだったな。一体なんなんだったんだ？

□□□

おじさんの正体が分かったのは、十日ほど過ぎてからだった。

我が家に王城への呼び出し通知と、魔法師学校の特別推薦入学の試験案内が届いたのだ。

その中には短い手紙が添えられていた。


小僧、必ず王都に来い。

喜べ、費用は国が持つ。

魔法師団長

この短い文だけで、あのおじさんのものだと分かる。読んだだけで「ヒェッヒエッ」という笑い声が聞こえるような気がする。

しかし、あのおじさんが魔法師団長だったなんて……その上、王都には三月十五日までに来いという。あと、二十日もないじゃん！　いかにもあのおじさんらしい横暴さだ。

というわけで我が家は大慌てで準備を始めることになった。

今回の呼び出しには、お父様もお母様もビックリされていた。そりゃそうだ。学校に通うとしても、普通はまだ一年ある。しかも聞くところによると、今まで八才になる前に魔法師学校に入学したものは誰もいないそうだ。

……俺の人生はこれからどうなってしまうんだろう？

□　□　□

心配そうに空を見上げているアルフレッドを、彼女は遠くから見つめていた。

《あれだけのゴブリンを相手にしながら、見事な活躍でした……ですが、これで諦める邪神ではないでしょう……》

実は魔狼にもゴブリンの軍隊にも、邪神教が関係していた。

魔力の塊である魔石に、更に魔力を吸わせ続けると宝玉《ほうぎょく》と呼ばれる強い力を持つ物体が生み出される。
邪神教はこの宝玉を使い、魔狼を村におびき寄せたり、一度は魔物の狩りつくされた迷宮に、大量のゴブリンを発生させていたのだ。
《アル様、大丈夫でしょうか……？》
ベスは彼女に念話で尋ねた。
《私は地上の出来事には直接干渉できません。それに邪神との戦いには、あの方自身が向きあって決着をつけなければ、因縁を断ちきることは難しいでしょう……》
彼女は悲しそうに言ったあと、ベスを労う。
《色々な事件がありましたが、よくわたしの言いつけを守ってくれました。どこから見ても普通の犬でしたよ。それでいて、あの方をいつも気にかけて行動してくれましたね。神獣としてとても素晴らしい働きでした》
ベスは小さくあくびをする。
《ところで、ぼくは連れていってもらえずに、ここのお庭に置いていかれるようですよ。もしアル様が正式に魔法師学校に入るなら、ぼくとは離れ離れになっちゃいますね》
そう言われて、彼女は急にアタフタし始めた。
《えっ……そんな……いえ、そういえばそうですが……その点についてはまだ対策していませんで

した。こ、困りましたね……どうしましょう》
そのあと、沈黙が続いた。しばらくして、ようやく念話が再開する。
《ベス、あの方が学校に通うのに同行するため、あなたの姿を変えるわけにはいきませんか？　そ、そうですね……羽ペンなんてどうでしょう》
ベスは彼女のセンスに絶望した。羽ペン姿で何ができるというのだろう。
大体、仮に羽ペンになってアルについていったとしたら、その間犬のベスは不在になってしまう。
《あの、ぼくが突然いなくなったら村の人はビックリですよ。きっと脱走したと思って悲しむでしょうね。それだけならいいですけど、ぼくの予想では別の白い犬をぼくの替え玉にして、アル様がショックを受けないように誤魔化すと思います。そんなややこしいことになったら、ぼくはもうあのおうちに戻れませんよ》
ベスは大きくため息を吐くと、ついに地面に寝そべった。
《ベス、やはりあなたが王都に連れていってもらえるように、なんとかするしかありません》
ふいに、彼女が真剣な声を出した。
ようやく何か解決策を示してくれるのだと思い、ベスは両耳を立てる。
《おねだりしてみてください。あなたは神獣です。普通の犬に比べ、特別フワフワで可愛いのですから、おねだりすれば願いが叶うはずです》
ベスは再び絶望した。

果たして、上目遣いと「キュ〜ン」という鳴き声でそこまで具体的に意思を汲み取ってもらえるものだろうか。少なくともベスには自信がなかった。

《それ、本当にやらなきゃダメですか？　ぼくみたいな普通の犬設定で念話縛りな神獣の場合は、あなたが何かフォローしてくれないとつらいですよ。夢のお告げとかできないんですか？》

《お告げというと、わたしが、あの方と直接お話を……？》

再び念話が途切れる。ベスの頭には、彼女が顔を真っ赤にしている姿が浮かんだ。

《そ、そ、そんなこと無理です……》

案の定な回答に、ベスはついつい当人を前にして愚痴をこぼした。

《もおぉ〜、困った女神様だなあ〜！》

念話を終えたあと、ベスはアルフレッドのところへ歩いていった。

不安そうにしているアルの顔を、ペロペロと舐める。

「ベス、お前も心配してくれるのか？」

そう言って、アルフレッドはベスのことを撫でた。

ベスはできるだけ普通の犬っぽく「ぼくにはなんのことか分かりませんけど、とりあえず撫でて！」という顔をして、尻尾を振ったのだった。

月が導く異世界道中
Tsukiga Michibiki Isekai Dochu
あずみ圭
Azumi Kei
1~17
8.5
シリーズ累計200万部の超人気作!(電子含む)
TVアニメも大好評!!
CV 深澄 真:花江夏樹
巴:佐倉綾音 澪:鬼頭明里
監督:石平信司 アニメーション制作:C2C
レシート応募プレゼント
キャンペーン実施中!!
2021年6月4日～2021年9月30日まで
詳しくはこちら
●各定価:1320円(10%税込)
●illustration:マツモトミツアキ
1~17巻好評発売中!!
漫画:木野コトラ
●各定価:748円(10%税込) ●B6判
コミックス1~9巻好評発売中!!

平凡な会社員の男は、気付くと幽霊と化していた。どうやら異世界に転移しただけでなく、最底辺の魔物・ゴーストになってしまったらしい。自らをシグムンドと名付けた男は悲観することなく、周囲のモンスターを倒して成長し、やがて死霊系の最強種・バンパイアへと成り上がる。強大な力を手に入れたシグムンドは辺境の森に拠点を構え、人化した魔物や保護したエルフの母子と一緒に、従魔を生み出したり農場を整備したり、自給自足のスローライフを実現していく——!

●定価:1320円(10%税込)　●ISBN 978-4-434-29115-9　●Illustration:高瀬コウ

建築会社勤務で廃屋を解体していた男は、大量のゴミに押しつぶされ突然の死を迎える。そして死後の世界で女神様と巡り合い、アレクという名で、ファンタジー世界に転生することとなった。貴族の次男坊として生まれたアレクの職業は、魔法が重視される異世界では底辺と目される『解体屋』。当初は魔法が使えず実家からの追放まで決められてしまう彼だったが、『解体屋』はモンスターを倒し『解体』することで、自己の能力を強化できるチート職業だと判明する——！

●各定価：1320円（10%税込）　●Illustration：ひげ猫

根も葉もない汚名を着せられ、王太子に婚約破棄された挙句に教会を追放された元聖女候補セルビア。

家なし金なし仕事なしになった彼女は、ひょんなことから『剣神』と呼ばれる剣士ハルクに出会う。彼も「役立たず」と言われ、貢献してきたパーティを追放されたらしい。なんだか似た境遇の二人は意気投合!

ハルクは一緒に旅をしないかとセルビアを誘う。

——今まで国に尽くしたのだから、もう好きに生きてもいいですよね?

彼女は国を出て、第二の人生を始めることを決意。するとその旅の道中で、セルビアの規格外すぎる力が次々に発覚して——!?

神に愛された元聖女候補と最強剣士の超爽快ファンタジー、開幕!

●定価:1320円(10%税込) ●ISBN:978-4-434-29121-0 ●Illustration:吉田ばな

この作品に対する皆様のご意見・ご感想をお待ちしております。

おハガキ・お手紙は以下の宛先にお送りください。

【宛先】

〒150-6008 東京都渋谷区恵比寿4-20-3 恵比寿ガーデンプレイスタワー 8F
（株）アルファポリス　書籍感想係

メールフォームでのご意見・ご感想は右のＱＲコードから、
あるいは以下のワードで検索をかけてください。

アルファポリス　書籍の感想　検索

ご感想はこちらから

本書はWebサイト「アルファポリス」（https://www.alphapolis.co.jp/）に投稿されたものを、改稿、加筆のうえ、書籍化したものです。

異世界《いせかい》に転生《てんせい》したけどトラブル体質《たいしつ》なので心配《しんぱい》です

小鳥遊渉（たかなし　あゆむ）

2021年9月30日初版発行

編集－田中森意・芦田尚
編集長－太田鉄平
発行者－梶本雄介
発行所－株式会社アルファポリス
〒150-6008 東京都渋谷区恵比寿4-20-3 恵比寿ガーデンプレイスタワー8F
TEL 03-6277-1601（営業） 03-6277-1602（編集）
URL https://www.alphapolis.co.jp/
発売元－株式会社星雲社（共同出版社・流通責任出版社）
〒112-0005東京都文京区水道1-3-30
TEL 03-3868-3275
装丁・本文イラスト－結城リカ
装丁デザイン－AFTERGLOW
印刷－中央精版印刷株式会社

価格はカバーに表示されてあります。

落丁乱丁の場合はアルファポリスまでご連絡ください。

送料は小社負担でお取り替えします。


ISBN978-4-434-29398-6 C0093